集英社文庫

出世ミミズ

アーサー・ビナード

集英社版

出世ミミズ　目次

Ⅰ　トムのランドセル

II　ビッグな話

Ⅲ　ままならぬ芝生

Ⅳ　ネズミ巡り

本書は集英社文庫オリジナルです。

出世ミミズ

扉・本文カット　ディック・クルーガー

I

トムのランドセル

花疲れ

トムのランドセル

近所にランドセルの卸売をやっている会社がある。行きつけの豆腐屋の側《そば》なので、よくその前を通るが、冬から初春にかけての繁忙期は、商品の点検や梱包《こんぽう》作業が倉庫から駐車場へ、道端にまで溢《あふ》れて、せっせと行われていることが多い。いかにも硬そうなあのピカピカの革（あるいは擬革《ぎかく》か？）の肩ひもと幅広の蓋《ふた》を目にすると、ぼくはアメリカの友人、トムを思い浮かべる。

東京のある大学で十五年間、英語とフランス語を両方教えていた大男のトムは、食欲のみならず語学欲も旺盛《おうせい》で、春休みになるとアムステルダムでオランダ語の集中講義を受けたり、冬休みはバンコクでタイ語、また日本語の勉強も怠ることなく、一級に合格するまで「日本語能力試験」を毎年受けていた。

初めて会ったとき、たまたまトムが受験して惜しくも落ちた直後だったので、その失敗談を聞くことになった——「漢字も聴解もそこそこうまくいったけど、読解でやられちゃった。ついぞ見たことのないカタカナ語が出て、それも何度も何度も同じヤツが。メインの話題だったわけだが、お手上げさ」。トムを参らせた単語は〈ランドセル〉だった。「ランドマークやディズニーランドの連想から、まず〈陸〉か〈地〉の何かだろうと思って、でも文中に販売の場面がないからセルはひょっとして〈細胞〉、さもなければ〈ガゼル〉の短縮形？　とにかくそのえたいのしれないモノが、小学生とどうやら仲よしみたいで、おんぶまでしてもらって、となると、生き物なら外来語じゃなくて、学名だからカタカナかもしれず……そんなあてずっぽうで時間がすっかりパー」。試験が終わるやいなや、彼はバックパックに忍ばせてあった辞典を引っ張ってギャフンとなった。おまけに「オランダ語ransel から」との注釈付き。

　オランダ通のトムによれば、ransel は兵隊の〈背嚢《はいのう》〉を指す言葉で、同じ背負いカバンといえども〈ランドセル〉と語感がまるで違う。

　ぼくは来日してすぐお習字教室に入り、仲間の小学生たちから〈ガチャガチャ〉だの〈メンコ〉だのといっしょに〈ランドセル〉も教わり、しょってみたことさえあった。悔しがるトムには、その話はしなかったが。

富士の顔

富士山を遠く眺めていると、なんだか顔が洗いたくなる。パブロフの犬のような、一種の条件反射だ。

来日して最初に住んだのは、池袋の古いアパートの三階の六畳間。風呂無し、トイレ付き、東向きで日当たり良好。西側の入り口の側に流しがあり、そこにも窓。入居する決め手となったのは家賃の安さだったが、一カ月ほどして、和式便所にも慣れたころ、部屋に大きなおまけが付いていたことを発見した。朝、寝ぼけた顔をバシャバシャ洗い、西のほうをぼんやり見たら、あれッ、ひょっとして……マウント・フジか！

ビルの谷間に、一見は窮屈そうに、でも左右相称の美を保ったままで日本一の山はぼくを見返していた。幻かと目をこすり、紛《まぎ》れなく富士山だと諒解《りょうかい》したら、ぼろアパートがいきなり隠れた名所の輝きを帯びた。トーストをかじったり、歯を磨いたりしながらも見入って、日本語学校に遅刻した。

それからというもの、毎朝、顔を洗う前にまず富士山が見えているか確かめ、見えていればしばし眺めた上でバシャバシャ。

バブル崩壊のおかげもあってか、そんな「富士見」は八年間もビルの建設に遮られることなく続いた。そして結婚後に引っ越した賃貸マンションの台所の窓からも、富士山がよく見える。なので今も、ぼくが洗顔するのは専《もっぱ》ら台所の流しでだ。

「来てみればさほどまでなし富士の山」と川柳にあるが、おととし、初めて富士に登り、そんな前評判に反して、驚きに満ちていた。禿《は》げ山を想像していたら、新五合目と六合目の間に見事なカラマツが生えていて、クルマユリやフジアザミなどが咲き誇っている。六合目すぎて、七合目にくると、卵色の小さな花をいっぱいつけたオンタデだけが残り、八合目ではそれも姿を消す。しかし今度は、山肌そのものが目を楽しませる。黄土《おうど》、赤銅《しゃくどう》、鉄紺《てっこん》、鶯《うぐいす》、利休鼠《りきゅうねずみ》と、一歩ごとに色は移り変わる。

山頂はまさに「頭を雲の上に出し、四方の山を見下ろして」いた。部屋から眺めるたびに、ぼくは富士山がこっちを見返しているような錯覚を起こしていたが、自分の存在のサイズを実感した。

富士登山の帰路の終わりの山手線金剛杖《こんごうづえ》と共に揉《も》まるる

鶯の恵み

どこからか「ホーホケキョ」の声。耳を澄まして辿《たど》って行くと、電柱に取りつけられたスピーカーの下に――。以前、ある観光地でそうやって、ぼくは鶯の録音に一杯食わされたことがある。

しかし思えば、わが家に程近い池袋の商店街では、逆の形で人々はいつもだまされているのだ。予告もなく見事な「ホーホケキョ」が響き渡り、行き交う買い物客の多くは当然、録音だと思い込む。けれど本当は、それは八百屋さんの二階のベランダからの肉声なのだ。皮肉にも、もし鳴き方がたどたどしかったら、生演奏だと気づいて聞き惚《ほ》れる人が増えるだろうに。その鶯は、三大テノール並みのテクニックの持ち主で、知る人ぞ知る存在だ。

ぼくはよく、その八百屋へ足を運ぶ。新鮮な野菜果物と、耳の保養と、何年か前からは、妻のスキンケアに一役買っている鶯のオコボレをいただくためだ。妻は、むかしから市販の「鶯の糞《ふん》」を常備していた。小さな筒に粉末が入っていて、石鹸《せっけん》を泡立てた上へパッパとふりかけ、満遍《まんべん》なく混ぜて洗顔。肌がツルツルするらしい。あるとき、どっちが言い出したか、加工された糞よりも、落としたてのピュア百パーセントのほうが良いのではという話になり、八百屋のおやじさんに相談した。快く採集を引き受けてくれたそのオコボレは山盛りで、妻は豪華に「糞風呂」まで堪《たん》能《のう》することになった。

アメリカの友人の結婚祝いに、ウンがつくので目出度《めでた》いし、ジャパンならではとも考え、糞を贈ろうかと思ったことがあった。が、税関を無事通過できるか心配で、結局は、鶯を象《かたど》った小物を背負って行った。実物大のそれは、少しでも揺らすと、内蔵されたスピーカーから声が発せられる仕組みになっていた。

式のあとのパーティーで新郎新婦に渡すと、さっそくスイッチ・オン。清澄な「ホーホケキョ!」が会場一杯に流れた。それから各テーブルへ鶯が回され、ぼくらはお供して解説を加えた。こう囀《さえず》るのは雄《おす》だけだとか、日本一の鳴禽《めいきん》だとか。糞が肌にいいという話には、少々怪訝《けげん》そうにしていたが、鳴き声は大いに受け、パーティーがお開きになったころには、老若男女みんな“HO—HOKEKYO”という日本語が板についていた。

「いさぎよい」と「匂い」

「いさぎよい」と「桜」とは、よくある組み合わせだが、ひょっとしたらぼくの中では、両者のコネクションが人一倍鮮烈かもしれない。というのは、形容詞「いさぎよい」の存在を知ったのが、初めて花見を体験した日だったからだ。日本語学校の「遠足」と称して、先生とクラスメート十人ばかりで、昼下がりの千鳥《ちどり》ヶ淵《ふち》の満開の下をぞろぞろ歩き、ベンチに座って弁当をほおばった。

「一週間弱で散ってしまう」「くどくない」「思い切りがいい」「武士道のよう」などなど、先生は言い換えたり例文を作ったり、丁寧に「いさぎよい」を説明してくれた。途中で、駄洒落《だじゃれ》好きなイギリス人のマルコムが「センセイ、ウサギのどこがよいですか」とちゃかして、皆を笑わせた。

未練たらしいところを一つも見せずハラハラと花吹雪《はなふぶき》、それが「桜のいさぎよさ」であるとパッとのみこめた。けれどなんとなく、嗅覚《きゅうかく》もかかわっているのでは、と思えた。目を疑うような花風景を呈しながらも、ほとんど匂《にお》わないというのも、実は桜の超俗的な演出に欠かせない点で、あるいはあのきよらかな潔白さのミソといってもよいかもしれない。

もちろん、花見客がわんさかいる場所へ出かければ、嗅覚のチャンポンが楽しめるが、無人の桜の満開は、さほど鼻を刺激しない。いや、そう思っていると、たまにツーンと、たくあんの匂いが漂ってくることがある。例えば神社の境内の桜を愛《め》でていて、ふっと風向きが変わり、いきなり自分が漬物工場にワープした錯覚を味わう――ぼくは長いこと本当に神主かだれかのたくあんだろうと考えていた。が、あるとき、その源を探してみたら、ヒサカキだった。

サカキより小ぶりなので「姫榊《ひめさかき》」、それが縮まってヒサカキに。葉は茶によく似ていて、花は桜と同じ時期に咲く。さらに調べると、サカキ同様ヒサカキも神仏に供えられたり、お祓《はら》いに使われたりするらしい。いさぎよくなくても、きよくはあるのか。

花疲れ

「弘前《ひろさき》に今年二度目の花疲れ」――この駄句の「今年」は、六年前の春。青森放送からラジオ出演の依頼が入り、せっかくだから一日早く出かけようと、ぼくは弘前見物を決め込んだ。城の近くに住んでいるという知人のピアニストに電話、一晩泊めてもらうことにした。

土曜日、四月二十六日早朝着。ガイドブックによれば「弘前さくらまつり」は例年、ゴールデンウイークがピーク。だが、地図を片手に知人宅を探し歩くと、あちこち出くわすソメイヨシノはみんな満開。そういえば、今年は東京も早かった。初めてきた弘前なのに、ひと月ばかり前の谷中《やなか》墓地での花見がよみがえり、まるでデジャビュ。やぁ、これはなんてタイミングのいいこと……。

敷居をまたぐなり「なんてタイミングの悪いこと」に、ぼくの独り言が一変した。なぜなら知人宅の雰囲気は、紛れもなく夫婦喧嘩《げんか》のそれである。たった今、こっちの出現で「中入り」となったに違いない。奥さんが台所でカップとソーサーをカチッといわせ、ぼくだけにコーヒーを出す。夫のほうへは、泣き腫《は》らした目をギラリと一瞥《いちべつ》。彼はこわばった面持《おもも》ちで、ピアノ椅子《いす》に腰を下ろしてタバコに火をつけた。

ホテルは、今さらどこも満杯だろう。コーヒーをぐっと飲み干して、リュックをおかせてもらい、「食事は花見をしながら適当に済ませますので……」と脱出。

弘前城は、敵襲を防ぐために築かれたものだが、泰平《たいへい》な世の中となれば「入園料」を取るのに具合がいい。三百円を払い、追手門《おうてもん》をぐって二の丸へ。ガイドブックには「約五千本の桜」と書かれてあって、ほんとかねと思っていた。しかし目《ま》のあたりにしてみると、五千本だか一万本だか、なにしろ目を疑うような絶景だ。三百円の悔いはまったくなし。

「日本一太いソメイヨシノ」という一本を眺めて、焼きトウモロコシを買い、三の丸の芝生の上に座ってかじる。砂利道の向こうの、中くらいの木の枝から、透明の袋が下がっている。その中で、日差しを受けてオレンジ色にキラキラ光るものが……おッ、金魚だ。金魚掬《すく》いを楽しんだ人がぶら下げたのだろう。

四の丸には子どもだましの「お化け屋敷」。呼び込みのおばあちゃんのダミ声に魅惑され、六百円払って入ってみたら、出た！　ぼくより二十センチぐらい背の低い、黒い布をかぶったお兄ちゃんが。勢い込んで出たは出たが、思いがけず大人の外人のぼくに直面、「あッ」と叫びが途絶え、頭をぴょこんと下げて再び段ボールの扉の後ろに隠れた。広いお化け屋敷を「一丁目」から「四丁目」まで……。

知人宅へ戻ることのほうがなんとなく怖く、ぼくは夜桜になるまで公園にいた。

キュウリ魚

がまの油の味

自転車で遠出するとき、文庫サイズの「東京・神奈川・千葉・埼玉ポケットマップ」を携帯する。公共施設や名所旧跡は、わりと詳しく載っているが、実際に廻《まわ》ってみると地図にない、知る人ぞ知るスポットに出合う。そこで書き込む。「景」は眺めのいい場所、「築」は面白い建物の目印、「樹」だと老木巨木。嗅覚を楽しませてくれるところには「匂」、例えばビール工場やチューインガム工場など。「蟇」と書かれた箇所はヒキガエル。新宿、杉並、品川区。春から夏にかけて、夜に出向きさえすれば、必ず会える場所がある。中でも品川のスポットは「がまの総本山」だ。

『歳時記』にはヒキガエルが二箇所に堂々と出てくる。「蟇穴を出づ《い》」が春の季語で、「蟇」だけなら夏。無論「がまがえる」、「いぼがえる」と呼んでもいい。数々の名句に登場して、「がまの油」の口上も持つ日本のヒキガエルだが、英語名のtoadに置き換えると、いきなりなんだか不憫《ふびん》な感じになる。"He's a toad!"と、「いけ好かない奴《やつ》」の代名詞にされるくらいで、言語的にはほとんどいいことがない。

けれどアメリカのヒキガエルも、実に魅力的な生き物だ。虫を舌で捕って呑《の》み込むその名射手ぶりをどうしても見たくて、ぼくは子どものころ、庭でヒキガエルを発見すると、大きい樽《たる》に入れた。そして上に網戸をかぶせ、蠅《はえ》や虻《あぶ》、団子虫をつかまえてはその中へ放し、半日もじっと観察。口が開いたかと思うと、まるでレーザーのようにピンクの舌が伸びて相手を射止め、一瞬にして喉《のど》の奥へ運ぶ。まばたきで見損なうほどのスピードだ。

ある日、母と妹と三人で、アイスキャンデーを持って散歩に出かけた。隣の家の前の道端で、さっそく立派なtoadを見つけ、ぼくは左手でつかまえて、右手のアイスをなめながら歩き、歩きながらなめて、ふとした拍子に左右を混同し、ペロッとヒキガエルの顔をなめてしまった。ちょうどこっちを見ていた母が啞然《あぜん》とし、妹は爆笑。三十年経《た》った今でも、二人にからかわれることがある――「平気でtoadをなめる人だから、何をしでかしても驚くことはないネ」。

あのとき、ヒキガエルのほうが驚いたに違いないのだが。

キュウリ魚の塩揉み？

「キュウリ魚《うお》」という日本語を知ったとき、ぼくは驚いた。故郷の湖と川で親しんだ銀色の小魚smeltが、野菜に化けた！　百科事典を引いたら、「体臭がキュウリの香りに似ているのでこの名」とあった。

本来、キュウリ魚は北方の海に棲《す》み、春になると川へ上って産卵する。日本では北海道に棲息《せいそく》する。ミシガンには海がないが、海かと見まがうほどの広大な五大湖に囲まれている。昔、大西洋のキュウリ魚が人間の手によってそこへ移植され、今やミシガンを代表する魚の一種だ。

なにしろ毎年、水温が指示するのか月からの合図なのか、春のある夜、キュウリ魚のみぞ知るゴーサインが出て、みんな一斉に川を遡上《そじょう》し始める。その現象をsmelt runといい、釣り師のだれもが晩冬から予報士になって独自の説を唱え、そして春めいたころ胴長をはいて網を握り、夜の川で待つ。

予報というのは当たらないことが多い。ぼくは一度だけ本格的なsmelt runに居合わせたことがあるが、まさに息を呑む光景だった。直径七、八十センチの網で掬うと、持ち上がらないくらいどっさりと捕れた。バケツへ移して、すぐに掬うのを止《や》め、あとは夜の間中、その渦巻き波打つ生命の「走り」に、ただただ見とれていた。

しかしあのとき、キュウリの香りがしていたのか？　嗅覚の記憶を辿ろうとしても、途中で味覚にすり替わる。フライにしたときの美味《うま》さが、強すぎるのだ。それとも海に「塩揉み」されないミシガンのキュウリ魚は、北海道のそれと香りが異なるのか。友人に今年の五大湖のキュウリ魚をよく嗅《か》ぐように頼んでいる。けれど彼の予報が当たるかどうか。

アメリカの詩人、オグデン・ナッシュは“The Smelt”というとぼけた賛歌も書いている。やはり嗅覚ではなく、味覚に辿り着く展開だ——。

ああ、人間はどうしてキュウリ魚を
そんなに追い回すのか？　高価な毛皮を
まとっているわけではないし、ねたみを
買うほどの血筋でもないし、もちろん

象牙《ぞうげ》も香油もとれやしない。
キュウリ魚の生き方は質素で、
死に方もおしなべておとなしく、
その名にたがわず実に地味な存在だ。
しかし、ウエーター、この鮭はもう
片付けておくれ。かわりにキュウリ魚
五、六匹、持ってきてちょうだいな。

拝み太郎

もと昆虫少年として、ぼくはつくづく日本に来てよかったと思う。母国にいたのでは、出会うことのなかった虫と親しくなれたし、言語的な発見もたくさんあった。「名は体《たい》を表す」というが、昆虫の世界にはそんなネーミングが多い。ただし、日本語と英語とでは、強調されるアングルが違っていたりする。子どものころからさんざん遊んでもらった昆虫でも、その日本語名に触れると、相手が新たな輝きを帯び、思いがけない表情も見せてくれる。

最も捕まえやすく、最も純粋に楽しい〈幼なじみ〉は pill bug というやつで、英語名を訳せば「丸薬虫」。けれど、日本語では「団子虫」と呼ばれていることを知ると、同じ pill bug がいきなりどこか恰幅《かっぷく》よく見える。

体を丸めたときのコロコロ具合だけでなく、微妙なボリューム感も日本語名が表している気がする（行き過ぎると、三匹が串刺《くしざ》しになった光景まで、つい想像してしまうが……）。

そのほか、生き餌《え》しか食べないので飼おうとすると手間のかかる、なんともスリリングな praying mantis ——「祈る予言者」という英語名がその神秘性を捉《とら》えてはいるが、ぼくは日本語の「カマキリ」のほうが、うまいネーミングだと思った。鎌《かま》のごとき前脚でスパッと空気を切り、猩々蠅《しょうじょうばえ》などを捕まえる姿のエレガントなおっかなさが目に浮かぶ。

「蟷螂《かまきり》」を『歳時記』で引くと、心が弾む素晴らしい別名がいっぱい出ている。「かまぎっちょ」や「斧虫《おのむし》」、それから「祈り虫」、「拝み太郎」というのもある。その着眼は praying mantis と同じだが、「太郎」とつくと、三角の顔に、愛嬌《あいきょう》もたっぷり加味されるようだ。

蒲焼きの香、ビーバーのアロマ

多彩なけちん坊がオムニバス的に登場する「しわい屋」という古典落語がある。ぼくに一番ピンとくるのは、鰻屋《うなぎや》の隣へ引っ越した男の話だ。惣菜《そうざい》を買う銭さえ惜しがる彼は、毎日の夕飯時、隣で焼かれる鰻の匂いをしめしめと嗅いではご飯を掻《か》き込み、おかずにするわけだ。ところが月末になって、鰻屋の旦那《だんな》が勘定を取りにくる。「冗談いうなよ。おれ、鰻なんか食ってねえぞ」と追い返そうとすると、鰻屋は「召し上がった代金ではなく、匂いの嗅ぎ賃の請求です」という。「嗅ぎ賃⁈」けちん坊はここでウイットを奮発してみせる。「分かったよ。いま払ってやるから」と懐から銭を出してチャリーン、ちゃぶ台の上に落とす。そしてすかさず拾って、また懐へ。「嗅ぎ賃だから、音だけ聞いてさっさと帰れ」

池袋駅とわが家の中間あたりの細い路地奥に、美味《おい》しい鰻屋がある。ぼくはその前をよく、わざわざ通って蒲焼《かばや》きの香に包まれ、唾液腺《だえきせん》を刺激した上で帰宅する。この「只嗅《ただか》ぎ」が鰻屋の親父さんにバレているかどうか、ともかく月に一度くらいはちゃんと食べにお邪魔に上がっているので、嗅覚のみの分は見逃してもらえるだろう。

御馳走《ごちそう》の匂いだけ嗅いで食しているファンタジーに耽《ふけ》るというのは、実は人間に限られた行動ではなく、北米の大山猫もやるらしい。大山猫の大好物といえばビーバー。夏の間はビーバーが遊んで暮らすので、辛抱強くスキを狙《ねら》えば若い奴を一、二匹は捕れる。秋になれば、川をせき止めて池を造ったり、泥で家も造ったりと、ビーバーは多忙を極め、その分、狙えるスキも増える。大山猫にとっては嬉《うれ》しい、まさに食欲の秋だ。

しかし冬がやってくると、池は厚く凍って、石造りのように固く難攻不落の要塞《ようさい》と化した家の中で、ビーバーたちがぬくぬくと冬籠《ふゆご》もり。大山猫は雪の中、夜な夜な狩りをして、美味しくもない野兎《のうさぎ》を捕ってしのぐ。だがビーバーの醍醐味が忘れられず、ときどき彼らのこんもりした家まで足を運び、てっぺんの小さな換気孔に鼻をくっつけて、うまそうなアロマをしばし吸う。

ビーバーたちは、嗅ぎ賃の請求はできないけれど、屋根から伝わる足音と物欲しげな鼻のクンクンを、案外楽しんでいるかもしれない。

日米花火雑感

寝ぼけていても今はもう言い間違えないとは思うが、日本語を習いたてのころ、ふとしたはずみで「花火」と「火花」を混同することがあった。今度の土曜日に隅田川の火花大会を見にいくんだ、とかいって八百屋のおばさんに笑われたりして。

もともとこんがらかりやすい頭ではあるけれど、とかく「花」より「火」が先に出たがるこの一件に限っていえば、原因は母語のイングリッシュにある。「花火」イコール fireworks——「火の働き」というか「火の作品」、ファイアが先発で、主役だ。

花火大会の日米比較を、ぼくの経験に基づいていわせてもらうと、ニッポンのほうが断然ベターである。繊細さはもちろん、スケールも迫力においても。ワリダマやツリダマなど、一発一発に花火師の数百年分の研究と洗練が感じられる。それに、日本の花火なら花鳥風月を愛でるみたいに（大気汚染が少々気になるにしても）、純粋にエンジョイできる。

アメリカの花火はとなると、どこかナショナリズムのために、ファイアワークスの名のとおり働いているのだ。大会は決まって「独立記念日」の七月四日に、全米各地で一斉に催され、鳥たちにとって大陸の空がにわかに飛行制限空域と化す。花火の色についての制限はないけれど、いわずもがな星条旗の三色が目立つ。またパイオニア精神の名残なのか（ただの火遊びか）公の花火に飽き足らず、どうしても自分で自由にドカンドカンやりたがる人口も多く、七月四日は地上もかなり物騒だ。二〇〇〇年はミレニアムの勢いも加わり、全国の自主ファイアワークスによる負傷者が一万一千人に達したそうな。

　日米問わず、花火はやはり夏の風物とされるけれど、子どものころ、ぼくはよく冬の夜にfireworksと称した遊びをやったものだった。ミシガンの冬は空気がひどく乾燥し、静電気の温床となる。そんなものはヘッチャラなぼくは、消灯後ベッドの毛布とシーツを丸めたり引っ張ったり蹴《け》り上げたりして、パチパチ光る静電気を楽しんだわけだ。

　そして冬になると、あの青白いミニ・ファイアワークスを思い出し、久々にやってみたくなる。が、今では隣に静電気恐怖症の妻がいるので、そんなことをしたら、火花が散るに違いない。

ウサギの足算用

角に思う

シェークスピアの作品の中には、「角《つの》」がわりとよく出てくる。鹿狩りのシーンだったり、だれかが一角獣の伝説に触れたり、きっかけはいろいろだが、ほとんどの場合、そのhornという語が現れると、話題は女の浮気へとつながってゆく。なぜなら妻を寝取られた夫の額に、角が生えるという古い言い伝えがあり、ルネサンスの劇作家たちは面白がってそれを台詞《せりふ》のスパイスに、仄《ほの》めかしの素《もと》にたびたび使った。『オセロ』の恐ろしい嫉妬心《しっとしん》の演出にも、角は一役買っている。けれど思えば、日本語でも、嫉妬を「角」で表現する。ただ英語とはあべこべに、生やすのはもっぱら女性のほうだ。男は焼き餅《もち》をやけど、角は出さず。

鹿の世界では、トナカイだけ例外的に雌《めす》も生やしているが、あとは角といえば、男の専門分野だ。ヘラジカの雄《おす》のそそり立つような枝角を目にすると、伸ばすのに何年もかかったろうなと、だれもが思い込む。しかし実際は、鹿の仲間はみんな毎年惜しげもなく角を落とし、再びゼロから生やしているのだ。

ぼくが生まれ育ったミシガン州は、北部の保護区にほんの少数のヘラジカがいるが、オジロジカなら広く数多く棲息している。春めいてくれば、どこの森でもあちこちに雄鹿たちの枝角が落ちているはずだが、拾おうと思ってもめったに発見できない。先に見つけて、かじってしまうものがいるからだ。全身の針の鎧《よろい》を維持しなければならないヤマアラシにとって、角は貴重なミネラル源らしい。

ぼくはニホンジカの角を拾ったことがある。去年の春、奈良県の洞川《どろがわ》温泉で、山上川に沿って散策していたら、向こう岸に大きなバッコヤナギが見事に咲いていた。流れの中の、自然が用意した飛び石の上に立って、ふと足元を見ると、変わった形の、先っぽが妙に白い枝が、川底に沈んでいる。それに付け根が不思議に真ん丸くて、あっ、角だ！

ずしりと重い枝角を、ぼくは部屋の棚の上からときどきおろす。枝分かれが全部で四本なので、おそらく五歳の雄鹿のもの。今年は、もう一本枝を増やしているだろうか。そろそろ、また落とす季節がやってくる。

嫉妬は真《ま》っ平《ぴら》だが、額にちょっと当ててみると、一度は生やしてみたくなる。

月の近さ

宇宙観測機器の目覚ましい進歩で、新しい天体がどんどん発見され、天文学者と物理学者が気炎をあげて新説を提唱、なんだか宇宙誕生の謎がいつか本当に解明されるかもしれないと、門外漢までワクワクさせられる。

けれど冷静に、少し意地悪く考えれば、そうたやすく解けるモノでもなかろうと、進歩の目覚ましさを疑《うたぐ》ってみたくもなる。なにしろ一番近い天体の月でさえ、分からないことだらけである。アポロがお邪魔に上がって、兎がいないと一応は証明したが、月の誕生の仕組みなどミステリーに包まれたままだ。いや、諸説紛々といったほうがいいか。

まず「親子説」がある――できたてホヤホヤの地球が固まらないうちに、太陽の引力で横っ腹を引っ張られて、グニョッと千切れた部分が月になったという。ぼくはこれが気に入っているけれど、現在ではほとんど廃《すた》れている。ほかに、地球と月が同時に作られたとする「兄弟説」と、月がどこからか飛んできてたまたま地球の引力の虜《とりこ》になったという「他人説」があって、唱えられるわりにはどちらも確固たるところまでいかない。

地球のどこから見上げても同じ月だが、言語によって見方やたとえ方が違う。日本へきて、ぼくが真っ先に面食らったのは「月見蕎麦《そば》」。米国では卵の目玉焼きを sunny side up と、決まって太陽にたとえていう。エッグ＝サンという図式がぼくの中にでき上がっていて、濃褐色の蕎麦汁と灰色の麵《めん》が演出する夜空に浮かぶイエロー・ムーンを見下ろした瞬間、世界観を変えられた気がした。

在日二年目の中秋の夜には、近所の豆腐屋さんの家で本物の「月見」を体験。団子作りからの参加で、七人家族に交じってぼくもコロコロと丸めては、イマイチの形を眺め、少しコツが分かってきたころに、なるほどこれはミニチュア満月なんだ！　と納得した覚えがある。それから庭で、月が雲間から覗《のぞ》くのを待っているとき、ぼくは「太陽見団子もあるんですか」と聞いて笑われた。

例えばトウモロコシの粉で、大き目に丸めれば、ミニチュアのサンに見えて楽しいと思うが。でも太陽見なんぞ、目に悪そうだし、それに干からびてしまうか、団子も人も。

ウサギの足算用

何年か前、ニュージーランドの北島を旅行し、ワイタンギに二泊した。マオリ族の代表とビクトリア女王の代表が、一八四〇年に条約を結んだその土地に、今は国定公園が広がる。ホテルがそれに隣接していて、一泊目の夕方、散策に出かけた。

条約記念館の前の芝生でウサギが六羽、夕食中だった。

近づいたらパッと、一斉に森のほうへ逃げ、通り過ぎてから振り返ると、みな元の位置に戻って草をかじっていた。体がまだ小さく、生後半年くらいの兄弟姉妹らしかった。

二日目の夕方、ホテルに帰るとrabbit shootの知らせが部屋においてあった。

「今夜ウサギ撃ちが実施されますので七時以降は公園に入らぬようご協力ください」。

本来、ニュージーランドにはコウモリとクジラの仲間以外の哺乳類《ほにゅうるい》は棲息していなかった。が、白人の入植者が羊や牛、飼いウサギなどを持ち込み、ウサギは野生化して爆発的に増えた。なんとか減らそうと、ウサギを好物とするオコジョを輸入した。オコジョはあれこれ味見した上、ニュージーランド固有の鳥類が一番美味しいと、国鳥のキーウィばかり食うことに。そんな歴史的経緯があってのrabbit shootなのだが、やはりあの六羽の無事を願った。

北米大陸に白人がお邪魔に上がる遥か前から、ミシガンの森にはカンジキウサギが棲んでいた。褐色の夏毛は冬になると真っ白く生え変わり、幅広の後ろ足で雪の上を浮遊するように走行。厳しい環境に見事順応したその姿を、ぼくは四、五回しか目撃していない。が、冬の森でカンジキウサギの足跡にはたびたび出会う。小さい前足を突いて、後ろ足がそれより前方の雪上を蹴って跳ね、前足がまたタッチして、後ろ足で軽やかにぴょーん……絶妙な跳躍が足跡から伝わり、ハアハアいいながら追跡しているうちに、人間が直立二足歩行の進化の道を歩んだのは、失策だったのではと思う。

アメリカでお守りといえばrabbit's footが定番だ。ウサギの多産ぶりは正に魔法の如《ごと》し、というのが由来らしい。キーホルダーにされたウサギの足を、よくお土産《みやげ》屋で売っている。子どものころ、オレンジ色に染まったのを遊園地でねだって買ってもらったが、あとでウサギに対して後ろめたくなり、引き出しの奥にしまったままだった。

せつかちと牡蠣

話題のラーメン屋が近所にあり、その前の長蛇の列を見かけるたびに思う――並んでまで食べたいかあ？　いや、並ぶだけのことはあるのかもと、すぐ思い直しはするが、そこのラーメンを食べには行かない。列が続く限りは。

ぼくの知る人の中で、一番のせっかちで待っていられない性分の持ち主は、母方の祖父だった。教会でも、神父の儀式の運び方が悠長すぎると、じれったくてミサを中座するのだった。孫のこっちもしょっちゅう"Hurry up!"などと怒られ、祖父の気短さが時限爆弾のようで嫌だった。

少し大きくなってからは、カッコよく思える場面もあった。例えば高校三年のとき、祖父とロードアイランド州の大学を見学して、夜は地元の有名なシーフードレストランに行った。入り口で「予約がなければ待ち時間は四十分」とボーイ長に言われ、祖父はそっと、四つに折った紙幣を彼に渡して「予約入ってないか？」と呟《つぶや》いた。間もなく眺めのいい席へ案内された。

まずオードブルに生牡蠣《なまがき》一ダース。祖父はスルッと一個食べて、その殻《から》を掌《てのひら》にのせ、ぼくに言った——「世の中はオイスターみたいなものだ。こじ開けさえすれば、うまいものが待ってる」。いま考えると、祖父のこじ開け方には少々問題があったが。

「アメリカ建国の父」たるベンジャミン・フランクリンも、待たされることを嫌ったそうだ。ある年の晩秋、議会の仕事で彼は馬に乗って大西洋沿岸地方を廻り、ロードアイランドで寒波に見舞われた。骨まで冷えて、やっと宿屋に辿り着き、馬を降りて入ってみると、先着の旅人たちが暖炉の側に陣取っていた。当分は暖《だん》が取れそうにない。フランクリンはそこで、大声でボーイを呼び付け、「わしの馬に生牡蠣を一ダース、飼《か》い葉桶《ばおけ》で食わしてくれ」と頼んだ。

「えっ……牡蠣ですか?」ボーイは再度確認してから厨房《ちゅうぼう》へ走り、宿中の客たちも、世にも稀《まれ》な馬のオイスター食いを一目見ようと、ドヤドヤ外に出た。しかし牡蠣をどんなふうに差し出しても、手で掬って与えようとしても、馬は一向に興味を示さず、みんな拍子抜けして宿の中へ戻ってきた。

暖炉の前の一等席に、だいぶ暖まって得意満面のフランクリンが座っていたとさ。

一枚の中也

その日、ぼくは金券ショップで五十度数のテレホンカードを買った。絵柄は選べないが割安だ。分厚い束の中から、店員が一枚を抜いて、目の前においた。おやッ、中也《ちゅうや》じゃないか！
十八、九歳の中原中也の、あの帽子をかぶった写真と、「帰郷」という詩のサワリがカードに印刷してあった。その四行が彼の作品の中で、ひょっとしてぼくに一番じんとくるものかもしれない——。

これが私の故里だ
さやかに風も吹いてゐる（中略）
あゝ　おまへはなにをして来たのだと……
吹き来る風が私に云ふ

母語を捨てたわけではないが、ぼくが書くものは、圧倒的に日本語のほうが多い。米国の故郷へ帰るとき、かかわった雑誌や本をいくら運んでも、家族には読めない。蜃気楼《しんきろう》のように自分の仕事が消え失せ、ぼくはなにをして来たのだろうと、この「帰郷」を思い浮かべる。

詩人を扱うテレホンカードを偶然手に入れる確率はたぶん、宝くじの当選なみに低いはずだ。でも中也ならその可能性があった。浸透しているヒット詩を持っている強みだろう。「汚れつちまつた悲しみに……」「サーカス」「帰郷」、みな第一詩集『山羊の歌』のもので、あまりに親しまれている結果、作者を立体的に捉えることが逆に難しい。凡作が少なからず収められている第二詩集『在りし日の歌』を読んでも、ついこっち側で「ゆあーんゆよーん」などとBGMを補っていたりする。

そんな中、わが子を語った中原フクの『私の上に降る雪は』からは、当然だが、詩に現れない中也が立ち上がって来る。後半の、文化学園やNHKの就職失敗談が、なんとも愉快だ。また、同時代の中原中也評も、違った観点から彼の作品に風穴をあけてくれる。

小熊秀雄《おぐまひでお》は中也の詩作の手法をこう譬《たと》えた――「そっと尻をさするように人生に触れる」。一見、手厳しいが、かなり的を得た寸評だ。

コールドの振り分け

ヘルメットを信じますか

自転車野郎になって十数年が経つ。都内はもちろんのこと、用があれば埼玉、神奈川、千葉へもペダルをこいで行く。今までに、何万キロ走っただろう。

駆け出しのころは、ヘルメットを被《かぶ》ることを、ぼくはかたくなに拒んだ。髪が風に靡《なび》く気持ちよさが捨てがたいのもあったが、ヘルメット拒否の最たる理由は、被っているとモルモン教徒に間違えられるからだ。「アナタはカミを……」と訪問布教に励む彼らは、いかにも米国青年といった顔でマウンテンバイクに乗り、必ずヘルメットを被る。ぼくも米国青年面《づら》をしているが、中は骨まで無神論者だ。いっしょに見られるなんて、沽券《こけん》に関わる。

ところがだ。九五年の、雹《ひょう》が降っていたある日、止《よ》せばいいのに自転車に乗り、途中の麻布十番《あざぶじゅうばん》でスリップ、道端の御影石《みかげいし》の杭《くい》に額から激突した。血まみれになっているぼくを、通りがかった親切なおばさんが「だいじょうぶ？　あらまあ」と近くの病院へ連れて行ってくれた。そして、医者に傷口を縫ってもらっている間に、ぼくはすっかり悔い改めた。いよいよ抜糸の日、病院の帰りにサイクルショップへ寄り、ヘルメットを購入。

被ってみれば、いろんな御利益《ごりやく》がある。ぼくは寝坊で、朝の仕事があるとギリギリに起きて、歌舞伎の早替わりさながらに着替え、それから寝癖を直そうとするが、濡《ぬ》らしても梳《と》かしてもいうことを聞いてくれない。しかしヘルメットを被って十五分もこいでいれば、髪はおとなしく「ヘルメット形」に。

また、目的地に着くときには十中八九、ぼくは汗だくになっている。夏は本当に、相手に説明して謝らねばならないほどだ。けれどヘルメットを手に持っていると、二輪車できたのが一目瞭然《いちもくりょうぜん》、逆に「バイク？　自転車！　ご苦労さま」と向こうからいってくれる。

風と髪の交流が制限される反面、街路樹との触れ合いは楽しく広がるのだ。車道の左端を走ることが多いので、道沿いの木の枝はこっちへ突き出ていないか、垂れ下がっていないか、常に注意を払わなければならない。無帽運転していたころは、ただひたすら避けるようにしていたが、ヘルメットがあれば、梢《こずえ》なら頭に当たってもなんともない。おまけに、うまい具合にぶつかると、いい音が出る。

それを知ってから面白くなり、わざと当ててみたり、ときには背伸びまでして、そのうち、木によって音が異なることに気づいた。例えばイチョウよりもスズカケの梢のほうがやや高めで堅い音が出るし、キョウチクトウともなればまるでタムタムをブラシで叩《たた》くよう。秋には実がなり、ヘルメット・パーカッションのエフェクトが増える。エンジュの実とマンサクの実とでは、やはり響きが違う。

ヘルメット派に宗旨替えした今、たまに路上でモルモン教の青年とすれ違うと、会釈を交わす。そういえばあの麻布アクシデントからぼくは、病院の世話にならずに済んでいる。でもこのヘルメットの御加護を、過信してはいけない。

コールドの振り分け

昔住んでいたオハイオ州の家は、二十世紀初頭に建てられた煉瓦《れんが》造りで、「触《さわ》らぬ家屋に祟《たた》りなし」といった具合にほとんど改装せず、そのままにしていた。バスルームの洗面台、便器、浴槽もみな白い磁器の年代物で、温水冷水を浴槽に流す二つの把手《とって》が、「＊」の符号を直径八センチにまで拡大した感じのレトロなデザイン。その真ん中にHOTとCOLDと書かれてあり、しかし取り付けを請け負った配管工がうっかり者だったのか、把手を反対に付けたのだった。HOTを開けると水が出て、COLDをひねると湯がジャーと。

　それをいったん心得てしまえば、普通に入浴できるのでどうということもなかったが、熱いのを求めようと「コールド」に手を伸ばす自分が、たまにふっとおかしく思えた。COLDとは何ぞやなんて、本質論というよりか、言語を疑る方向に思考が進むこともあった。いつかディクショナリーで引いてみたら、「熱が少ない状態」とあって、余計おかしく思えた。

　来日して最初に住んだ六畳間は、風呂がなく夜な夜な銭湯のカランと大浴槽の世話になった。部屋にあったのは洗面台を兼ねた流しで、その蛇口の金属製の把手が一個のみ。朝起きると顔をバシャバシャ洗い、気温と連動するその水温を毎日、まるで「日替わりウォーター」みたいな感覚で楽しんでいた。同時に、日本語も少しずつ分かるようになり、そんな中であるとき判明した——ぼくのCOLDの概念が大雑把《おおざっぱ》すぎて使い物にならない！　今まで体験した「熱が少ない状態」を、すべて早急に「寒い」と「冷たい」とに振り分けなければ、日本語でコールドはまともに語れない。

全身で感知する寒さ、体の一部が感じる冷たさ、その違いがだんだん身に染みてくるとナルホド、これは哺乳類ならではのセンス。蛇や蜥蜴《とかげ》のように体温が気温とともに上下する生物は、COLDで充分だろうが、体内をわざわざ一定の温かさに保つのならば、「寒」と「冷」を区別するスマートさがあってしかるべき。とはいえ、品川の友人のマンションの風呂場では、蛇口の把手の赤いヤツを開けると水が出て、青いヤツをひねれば湯がジャーと。言語を問わず、うっかり者の配管工は存在する、ということか。

KOTATSUの中

日本語を英訳するとき、「炬燵《こたつ》」にてこずる。冬の季語として数々の名句に詠《よ》まれ、「おこた」という上品な愛称ももらって、なくてはならないニッポンの調度品なのに、相当するものが英語にはないのだ。

ヒーターでありテーブルであること、櫓《やぐら》と熱源の構造、炬燵布団のかけ方、炬燵板ののせ方まで説明して、やっとそこで英語の読者に分かってもらえる。ネーミングはKOTATSUのままで、ともかく早くFUTON同様、れっきとした英単語になることを望むしかない。

もちろん、日本のことを紹介する文章なら、解説が長くなっても異国情緒に富んで面白い。が、詩の中の場合、行数は伸びて、散文的になる。それを避けようとすると、注釈という無粋な手段に訴えざるを得ない。俳句だったら、注が本文より分量を食う。

でも「百聞は一暖に如《し》かず」、説明もなく、寒がっているアメリカ人を炬燵に入れてやれば、すぐにその要領を体得して、親しむこと請け合いだ。ぼくもそうだった。

来日して最初の秋、知人宅の物置に眠っていた電気炬燵を、テーブルのつもりでもらい受けた。運び込んだとき、知人は毛布を櫓にかけ、コードを差し込み「どうぞ」とすすめてくれた。初炬燵はすこぶる気に入り、ぼくはさっそく近所の布団屋で専用の布団を求めた。それから日々ごろごろして、自分が日向《ひなた》ぼっこ中のガラパゴス象亀《ぞうがめ》になったファンタジーに耽った。また、大学二年のときに住んでいたニューヨーク州ハミルトンのアパートも、思い浮かべたりした。

そのアパートの暖房は、地下室のファーネスからの温風が床の通気孔を通って出てくる仕組みだった。ぼくは家具にあまり頓着《とんちゃく》せず、セコハン店で足のないぶくぶくのソファだけは買ってきた。ところが、幅がありすぎて、どう置いても通気孔の上にのっかってしまう。返品は利かないし、温風を塞《ふさ》ぐわけにもいかないし、結局ソファの底に穴をあけてもう一つの通気孔を作った。

すると、それが実にうまい具合にソファ全体に熱を送り、昼寝するときは自分が砂漠の岩にへばりついた蜥蜴だと想像したものだった。

日本に来て象亀になったというのは、いささかの成長といえるかどうか。

お節拾い

秋めいてくると、ぼくは手帳の終わりのほうの、新年にまたがるページまでパラパラ見るようになる。そして（ヘンナガイジンに思われるかもしれないが）、「一月一日」の文字が目に入ると、頭に浮かんでくるのは「お節《せち》料理」だ。

なにしろ、日本にきて最初の正月で、ぼくは数年分のお節を食べたのだから。来日したのは初夏、それから半年の内にアルバイト先やら近所などで、沢山の友人ができた。年末となり、思いがけずあちこちから誘われたのだ——「お正月にトラディショナル・ジャパニーズ・ニューイヤー・フードを食べにこないか」と。

ニッポンのことを勉強している一人暮らしの青年をあわれんでのお誘いだったのだろう。ともかく、うまそうなフードならOKサンキューと喜び勇んで、ぼくの初めての「三が日」は忙しかった。昼も夜もお節のハシゴで、手帳を見なければ分からなくなるほど。家庭によって味つけが随分と違ったが、献立はほぼ似ていて、しかもみんな、一品一品の縁起よい意味を丁寧に教えてくれるので、ぼくは一気に詳しくなった——鯛《たい》は「めでたい」、蓮根《れんこん》イコール「先の見通しが利く」、数の子なら「子孫繁栄」、ゴマメは「五穀豊穣《ほうじょう》」……。

二、三年経つと、互いに珍しくなくなったのもあってか、お節の招待が殺到するようなことはなくなった。だが、来日五年目の夏のある夜、高田馬場《たかだのば ば》を通過中にゴミ捨て場の側をたまたま通って、ちらりと見たらお節がどっさり捨ててあった。「いまごろ?·」不思議に思い、引き返して恐る恐る、露出している伊勢海老《い せ え び》に触ってみると、プラスチックの食品サンプルだ。近くに大きな仕出し屋があって、そこでのいらなくなった見本だろう。しかし実によくできている。遠慮なくOKサンキューで、エッチラオッチラ二袋いっぱい持ち帰って、六畳一間風呂無しのアパートの玄関の脇《わき》に積んでおいた。

海老たちを取り出して遊んだり、冷蔵庫に入れてみたり、昔お節を御馳走になった友人宅へ運んでだましたり――。それから一週間ほどして、銭湯へ行った折のこと。タイルの棚に風呂桶の中身の石鹸《せっけん》やシャンプーを並べ始めたそのとき、おやッ、何じゃこれは？

ゴマメの一匹が、いつの間にかここへ飛び込んでいたのだ。ほかのお節のサンプルと違って、ゴマメだけは本物をベースに作られている。ホントの小魚に、醬油《しょうゆ》と味《み》醂《りん》のたれを真似《まね》たコーティングが施されている。風呂桶に水をジャーッと入れると、中で泳ぎ回るかのよう……。浴室の端には排水のための溝があり、ぼくはゴマメをそこへ放流。こっちがひやひやと見守る中、ゴシゴシやっているほかの客に気づかれずに無事通過、溝の曲がり角のほうへ消えて行った。いまごろ下水道の中を泳いでいるだろうか……けなげなゴマメの姿を、浴槽につかりながらぼくは想像した。

部屋に戻り、その仲間を眺めてふと、銭湯の排水口に網がついているかもと思った。結局は、またゴミに捨てられるのか。

元のモクアミというか、ゴマメの歯軋《はぎし》りというべきか。

凪日和

信ずるものは杉とCEDAR

ぼくはカトリック教徒に成長すべく幼児洗礼を受け、日曜学校で教わり、懺悔《ざんげ》から聖体拝領まで、バチカン推薦のセレモニーコースにのっとって一通りはやった。しかし、肝心な「信仰心」が一向に芽生えず、神父の説教を聞けば聞くほど疑《うたぐ》り深くなり、紆余曲折《うよきよくせつ》を経て、無神論に到達した。聖書をときどき、ギリシア神話を再読するように開くことはあるけれど、心の支えにする感覚はない。

ただし一カ所、『旧約聖書』の「詩篇」の九二番だけは毎年、関東甲信越の杉の木々が花粉をふりまく季節になると、呪文《じゅもん》みたいに思い浮かべるのだ——「高潔なる者はナツメ椰子《やし》のごとく伸びて、レバノンの杉のように栄えるだろう」。クシャミ、鼻水、目のかゆみと、苦しさの中でアレルギーの供給源を恨めしく思ってしまう。でも杉は太古の昔から人々を魅了し、高潔さのみならず優美さや力強さ、長寿のシンボルとしても聳《そび》え立ち、樹木の王者だ。そのことを改めて肝に銘じるため、ぼくは詩篇九二番に立ち返る。そして、森を伐採し杉一辺倒の再植林をやらかした人間を、代わりに恨むことにする。

植物学的にいえばレバノン杉は「マツ科」の仲間で、それに対して日本の杉が独自の「スギ科」を有する。けれど、数十メートルに達する背丈や数千年に達する樹齢、全体の風格といい神木をつとめる文化的役割といい、共通点の多さからLebanon cedarが日本語で「レバノン杉」と呼ばれ、日本の杉も英語でJapanese cedarと命名。アメリカでよく見かける「杉」はred cedarだが、これも厳密にいうと「ヒノキ科」になる。一昔前までは、娘を持つ米国の親たちは、独特の香りが虫よけになるred cedarの材でできたhope chest（訳せば「希望の箪笥《たんす》」？）を用意した。結婚して幸せに暮らせるようにという願いを込めて、中に嫁入り道具をしまったわけだが、わが母親のhope chestには家中の毛布がしまってあった。

初冬の夜、出してきたばかりの、鼻をスースー通るcedarのアロマを含んだ毛布にくるまった……ひょっとしてあれが一年で一番すがすがしい眠りだったかもしれない。ともかく今の、Japanese cedarの微粒子にのたうつぼくの春宵とは、雲泥の差だ。

無用のもの

徳冨蘆花《とくとみろか》の短文集『みみずのたはごと』の中に、世田谷のボロ市の賑《にぎ》わいを書いたくだりがある。「塵箱《ごみばこ》を此処《ここ》へ打明《ぶちあ》けた様なあらゆる襤褸《ぼろ》やガラクタをずらりと並べて」、老若男女がその道を「咽《のど》を稗《ひえ》が通る様に」ひしめいて進む。「新しい筵《むしろ》、古靴を値切《ねぎ》る者、天秤棒《てんびんぼう》を買って帰る者、草履《ぞうり》の材料やつぎ切れにする襤褸を買ふ者、古筍掘器《たけのこぼり》、古帽子、古洋燈《ふるらんぷ》、講談物《こうだんもの》の古本を冷かす者、稲荷鮨《いなりずし》を頬張《ほおば》る者」と、品物と庶民を様々に描き、蘆花はこうしめくくる――「世田ケ谷のボロ市を観《み》て悟《さと》らねばならぬ、世に無用のものは無い」。

世が世なら無用のものなんかないはず、とぼくも思う。リサイクルショップに寄ってもその実感がわくが、一番身に染みるのは皮肉なことに、ゴミ集積所の前を通るときだ。まだ使えそうなガラクタが山と積んであったりする。収集車に嚙《か》み砕かれる前に救わなきゃと一瞬考えるけれど、限られたスペース内に暮らす以上、見殺しにせざるを得ない。ただ、たまに拾いたい衝動を抑えきれないものに出会う。妻と協議する場合もある。そしてそんなとき、祖父から聞かされていた諺《ことわざ》が、なんとなくの目安になるのだ。「どんなものでも七年間捨てずに持っていれば、使い道が見つかる」。

六年前、ある燃えないゴミの日、最寄りの集積所に海釣りの釣り竿《ざお》が数本捨ててあった。渓流釣りならぼくは道具が揃《そろ》っているが、海釣りはめったに行かない。今後もあまり行きそうになく、でも相手がひどく不憫《ふびん》に見え、結局拾って部屋の隅においた。埃《ほこり》をかぶり、そのあと引っ越しとなり、さすがに捨てようかと悩んだがまだ一年しか経っていなくて、ぎりぎりのところで傘といっしょに束ね、引っ越し業者に渡した。

新居のベランダは比較的広く、長い物干し竿が二本必要となった。ひょっとして同じ竿なら！　と閃《ひらめ》いて組み立ててみたら、長さと強度は申し分なし。軽さも抜群、しかもハンガーで何か干したいときは、糸道《いとみち》の輪っかがなかなか便利だ。今や洗濯するたびに、フィッシング気分を味わっている。

七年の期限が過ぎても、使い道がまだ見つからない拾い物もあることはある。けれど七年もおいていると、困ったことに、無用でもなんだか愛着がわく。

鶴の泥染め

「中を覗いてはいけません」「決して見ないと約束してください」——こういわれると、人間というものは、覗かずにはいられないのだろうか。昔話『鶴女房』の魅力には、だれもが多少なりとも感ずるそんなジレンマが、内包されているといっていい。

でも、来日して間もないころに図書館の絵本コーナーで、キッコパタンと機《はた》を織る鶴女房に初めて出会ったぼくは、その妖美《ようび》な姿に意表を突かれ、ジレンマなどすっ飛んだ。英語の中で生まれ育った自分が、無意識のうちに刷り込まれていた鶴像が、ひと声ならぬ「ひと覗き」で一変したのだ。

英語で「鶴」のことをcraneという。鶴の体形、とりわけその自由自在な長い首からヒントを得て考案された「起重機」も、同じcraneだ。つまり「クレーン車」と「鶴」は同語源の同音異義語。思えば、日本語にも「鶴嘴《つるはし》」という、鶴と工事現場を結びつける単語はあるにはある。けれど瑞鳥《ずいちょう》のイメージが強く、「千代をや重ぬらん」とうたわれ、機械類と関連づけるならば建設重機ではなく、やはり綾織物《あやおりもの》が生まれる機が似合うのだ。

ネイティブ・アメリカンも、オーストラリアのアボリジニーも、「鶴の舞」を模倣した踊りを持っている。インドでは、鶴はビシュヌ神の使者と見なされる。九千メートル以上の高度で飛行してヒマラヤ山脈を軽々と越えて来て、また越えて行く鶴の渡りは、まさに神業だ。

自らの羽で布を織る鶴の話はフィクションだが、自分の羽を染める鶴は実際にいる。冬鳥として日本へも稀に渡来するカナダヅルだ。体色は青みがかったグレーで、さほど目立つ色でもなければ、完璧《かんぺき》な保護色ともいえない。ツンドラの地面に巣を作るカナダヅルは、そこで、一番ひっそりと気づかれずに過ごしたい営巣の時期だけ、体を染色するのだ。周りの泥を嘴《くちばし》に含んでは羽の上に流し、丹念にカモフラージュをほどこす。つまり「見ないでね」と。

絶妙の保護色を持ち合わせていても、「開発」という、ある意味、自然界の約束を破る人間の行為から、野生動物は身を守ることができない。早く、本格的な恩返しをしなければ、世界の十五種の鶴が、一種ずつ姿を消して行くのは必至だ。

凧日和

吉野山の金峰山寺《きんぷせんじ》でこんな歌を詠んだ。

聳え立つ本堂の上を鳶が舞ういともたやすく括るが如く

鳶《とび》は蔵王堂《ざおうどう》の真上で輪をえがき、巨大な国宝の空間を、軽くカッコで括《くく》るかのようにまとめていた。羽ばたかず、いつまでも帆翔《はんしょう》する鳶をじっと見上げていると、だんだん上空の風の動きが伝わってきて、自分も気流にのっていっしょに飛んでいる錯覚を起こす。あまりに見事な飛行術の持ち主なので「飛び」と名付けられたという説がある。

英語ではkiteと呼ぶ。アングロサクソンのcȳtaという鳶を指す言葉が語源だが、糸を付けて空へ揚げる玩具《がんぐ》にも、そのままkiteが使われた。つまり「凧《たこ》」＝「鳶」。思えば、凧揚げの楽しみは鳶ウォッチングと同じで、見上げているといっしょに飛行する錯覚が味わえる。しかも、糸を握っているので、風力がもろに手に感じられ、一段と感情移入しやすい。

小学生のころ、風の強い日には、菱形《ひしがた》のペーパーカイトを揚げたものだった。操縦ミスをして木の枝にひっかけ、破けたときの落胆たらなかった。枝にこんがらかった糸を切断したり、樹上に残した凧をいつまでも気にしていたり……。中学校のスペイン語の授業で、凧が登場したときは驚いた。

「彗星《すいせい》」を意味するcometaが、そのまま「凧」にもなっていたからだ。尾をなびかせて飛ぶ共通点に注目したネーミングだが、昔のスペイン人は、昔の英国人よりも遥か空高く凧を揚げようとしたのか——。

日本語の「凧」の語源が「蛸《たこ》」と知ったときは、さらに驚いた。これも長い尾に焦点を合わせ、蛸の足にたとえたらしいが、青空を海に見立てている分、スペイン語以上に奮《ふる》った発想だ。

去年、東京向島《むこうじま》の凧職人・神野《かんの》有二《ゆうじ》氏に、名前入りの豆凧を作ってもらった。カナより漢字のほうがカッコよかろうと思い、自分の当て字「朝・美納豆」でお願いした。名が入っているとまた一段と、よけい感情移入しそうだ。

が、「納豆」のせいか、鳶でも彗星でもなく、むしろ酢蛸に近い雰囲気で、ねばっこく風にのるような。

もう起きちゃいかが

早起きというのは、三文の徳だったり、得だったり。どっちの「とく」が優勢なのか気になって、わが家と近所の図書館にある国語辞典を全部引っ張って調べ、両者まったくおっつかっつだと分かった。

「徳」を使えば、健全さや人格へと諺《ことわざ》の範囲が広がる感じがある。けれどつい先日まで、ぼくの頭には「三文の得」しかインプットされていなかった。ある本の中で「三文の徳」の用例に出くわし、驚いて辞典調査を実施したわけだ。でもどうしても「得」のほうが、ぼくにはピンとくる。損得の分かりやすさだろうか。それに母語〈英語〉の早起き関連の諺にも、"The early bird catches the worm."(早起きの鳥は虫を捕らえる)がある。

ところが、昆虫少年だったぼくに、これは少々引っかかる。果たして虫にとって早起きは得か? むしろ寝坊して早起き鳥を避け、フレックスタイムで出歩いたほうが得策と思えなくもない。

アメリカを旅行すれば、こんな寝起き関係の看板を見かける。古い町並みのダウンタウン、由緒ありそうな建物の入り口に“George Washington slept here.”（ジョージ・ワシントンはここに宿泊した）。

なにも初代に限った話ではなく、ジェファーソンやリンカーンなど、米国の歴史に派手に名を残した大統領なら、この類《たぐ》いの語りぐさ、記念プレートぐさは腐るほどある。「御手植えの松」と比べれば、より一層たわいないが、後世の経営者のPRいかんによってはかなりの「得」になるわけだ。

五年前、コロラドで「セオドア・ルーズベルトはここに宿泊した」というホテルに泊まった。予約を入れたとき、そんな売り文句のことは知らなかったし、聞いてからもたいして興味はわかなかった。が、部屋の窓から暮れなずむ大空と、ロッキー山脈のシルエットを眺めれば、われながらふと思ったものだ。大統領はどんなパジャマを着たろうか。一人だったのかそれとも……。

翌朝、時差ボケで明け方に目が覚めカーテンを引けば、山々のちょうどてっぺんに朝日が当たって、橙色《だいだいいろ》に輝き出していた。

得というよりも棚ぼたに近い気持ちで、ぼくは日差しが裾野《すその》に届くまで、ずっと見入っていた。

節分の内と外

晴れ着の意味

呉服屋の看板に「晴れ着」と書いてあって、それを発見したとき、雲ひとつない青空の下だったせいか、ぼくは早合点した。「サニーのときとレインのときと、着物は使い分けるんだな」——てっきり天気の「晴れ」だと思い込み、次の日、日本語学校の先生に「雨の日に着る着物は雨着ですか?」と聞いた。そこで「晴れやか」という単語と、「雨具」も教わった。

「晴れ着」を英語でSunday clothesといったりするが、思えばこれも、初めて見る者にとっては意味を取り違えやすい言葉だろう。「日曜に着る服」ではなく、何曜日に着ようと「一番のよそゆき」をSunday clothesか、あるいはSunday bestともいう。実際、二十世紀の半ばくらいまでは、米国の庶民が正装するといったら十中八九、日曜日に教会へ行くときだった。ぼくの母親も赤ん坊のころから毎週、ミサに連れて行かれ、レースの縁飾りのついたSunday clothesを文字通り、日曜日に着ていた。

ところが、小学校六年生のとき、その服よりもさらにスペシャルな、まさに最上級のairplane clothesを着ることになった。いや、呼び名は母が勝手に考えたものだが、要するに飛行機に乗るための晴れ着。家族旅行といえば、それまでは車で出かけるのが慣例だったが、その夏は祖父が奮発してフロリダ行きの航空券を買った。当時、旅客機に乗るのは、例えばアカデミー賞の授賞式に出席するような気分で、Sunday clothesを着てもパッとしない。家族全員、帽子から靴まで新調の「飛行機着」で決めて、機上の人々となったそうな。

そんな昔話を聞かせてもらったのはつい先日。母に電話をかけたら、ちょうどフロリダからオハイオに戻ったばかりで、今昔《こんじゃく》の感に堪《た》えない口ぶりだった――「セキュリティー・チェックポイントで金属探知機を通って、反応しなかったからOKかと思ったら、検査官がやってきて、手に持った探知機で私の全身を隈《くま》なく調べる。もちろん反応はない。なのに、ベルトをはずしなさい、靴を脱ぎなさいって、それから私のバッグの中身をテーブルの上に全部出して、いちいち触りながらリップの蓋を取ったりして、結局、まつげをカールするビューラーを没収されちゃった。あんなもの、どうやったら凶器になる？　この調子で行くと入れ歯の人は、いずれ歯を没収されかねない。あげくの果てにbirthday suitでセキュリティーを通るしかないかも……」。

誕生日着とは、生まれたときにだれもが着ていた服、つまり「素っ裸」という意味。

そこまで徹底するなら、せめて搭乗前に毛布を貸してもらいたい。

右や左のダンナサマ

自転車野郎の名に恥じぬように、ぼくは日々もっぱらペダルをこいで都内を廻っている。ただし雨降りのときと、妻とデートするときだけ、仕方なく電車に乗る。「仕方なく」でも、いざ改札口を通ってホームに立つと、わくわくしてくる——これから車内広告探検タイムだ。まず週刊誌の中吊《なかづ》りをつぶさに読み、ほかの雑誌のもチェック。塾と英会話スクールと、消費者金融の売り文句も点検。マンションの命名に用いられるカタカナ語の節操のなさに呆《あき》れたり、新発売の清涼飲料のターゲットを当て推量したり、下車するまで読み耽る。

　ところがごく稀に、電車が丸ごと一社の広告で埋め尽くされていることがある。一月下旬、妻と二人で乗った山手線の電車は、衣類メーカーの「ギャップ」に完璧に乗っ取られていた。どこを見ても、目に入るのはぴったりフィットしたGパンをはいた長躯《ちょうく》の西洋人モデルたちばかり。

「ギャップジャックだ！」「屈してはならない！」といってから、仕方なくその一色広告を眺める。“GO LEFT FEEL RIGHT”という英語のキャッチコピーがついている。ぼくは自分の股間《こかん》を少し意識しながら、男なら避けられない左右の問題、つまり一物を左ぶら下がりにするか右ぶら下がりにするか、そこにセールスポイントをしぼった言葉だと思った。でも、同じ英語を眺めながら、妻は違う解釈をしていた。思想的に「左へ寄ればしっくり」というか、「左翼、気持ちよく」みたいな意味に捉え、珍しい企業戦略だと考えていたのだ。

　そこで、中吊りに顔を近づけ、小さく書かれた説明を読む。「ごく一般的なデニムは、すべて右織り。でもその〝一般的〟という概念を取り払ってみたら……通常とは異なる発想をもとに、デニムに左向きの織り方を用いることで、これまでにない心地よい感触と、ナチュラルな風合いを実現」。

“Go left, feel right.”のような、四つの単語からなる英語構文は、昔から警句や諺のジャンルで多用されてきた。無駄がなく、インパクトは強く、日本語の「四字熟語」によく似た表現法だ。

名言集の類いを引くと、二枚舌を戒《いまし》めた“Tongue double, brings trouble.”とか、でっかいことをいう人は得てして実行力がない意味の“Great talkers, little doers.”など、次々と出てくる。「財布が軽ければ心は重い」という“Light purse, heavy heart.”が、ぼくの気に入りだ。

それにしても、山手線をギャップジャックするためには一体いかほどの広告料がかかるだろう？ 左織りの宣伝で会社が左前になったら、それこそ元も子もない。

節分の内と外

英語で「節分」を何と呼んだらよいか。

一時帰国して、フェスティバルの話になったときとか、デビルに話題が及んだときとか、あるいはソイビーンズの多彩な用途を語る中でも、日本の節分を紹介したい場面がある。まず“Setsubun”といってはおくが、なにか英訳も必要だ。そこでどう位置づけるか、行事をネーミングに取り入れるべきか、迷う。和英辞典を見ても、定まっていないらしい――“the day before the beginning of spring”“the day before the calendrical beginning of spring”“the beginning of the natural year”続いて“the bean-throwing ceremony”などと。

「立春の前日」が、やはりややこしい。でも、ひとつの手として“eve”がある。“evening”と同じ語源なので、厳密には「前夜」を指すが、「前日」の意味で使って差し支えなく、“the day before”よりは引き締まる。流れ的にも“Christmas Eve”がすぎて“New Year's Eve”で盛り上がり、一ヵ月ちょっと経つと今度は“The Eve of Spring”がやってくるのは悪くない。

ただ、「豆撒《ま》き」が目玉なので、思い切って“The Bean-Throwing Festival”と命名してもいいのでは？　そう思って、英米人の友だち数人に“Eve of Spring”と“Bean-Throwing Festival”とどっちがいい？　と、調査を行った。その結果、前者に軍配が上がった。「豆投げ祭り」が映像的で、親しみやすい雰囲気ではあるが、下手をすると行事をバカにしているふうにもとれる。ジャパニーズの滑稽《こっけい》な行動として。

それでもBean-Throwingが捨てがたい。妻に話すと、「豆撒きより、今年は開運太巻きを流行《はや》らせようとしてるみたいよ」と返ってきた。"Sushi-Roll-Eating Festival"か。

近所の八百屋では、古来の節分の飾りを毎年、店の両脇に貼《は》り出している。かさかさの豆幹《まめがら》の先に、焼いた鰯《いわし》の頭を刺し、柊《ひいらぎ》の小枝といっしょに束ねたものだ。かさ「節分飾りセット」として、豆幹と柊の束を売ってもいる(鰯の頭は別途、角の魚屋で調達しなければならない)。

しかし今年は、店の両脇ではなく右端の柱にのみ飾ってあった。また、店先を探しても例のセットの姿はなし。とうとう廃れて販売を中止、飾りも縮小かと、わけを尋ねたら、まったく逆だった。

「いやぁ、今年はみんな売れちゃってね、うちの分もやっとこれだけ確保できた」

"sardine heads on soybean stems wreathed with holly sprigs"——英語にすると、なんともすごみのあるブーケになる。

元帥の勃起

大統領選挙が間近だった。クリントンとドールが一騎打ちを演じていたときだから、一九九六年の秋か。東京に住むイギリス人の友人と、高田馬場の居酒屋で一杯やりながら、二大政党制の弊害について話し合っていた。どっちもどっちなのに選択肢があるように見えて、有権者がそれに慣らされてしまったら、民主主義は終わりだな——そんな結論に至ったところで、飲み代を割り勘にして払い、別れ際に彼はいった。「ま、とにかく、よい勃起《ぼっき》になりますように」。

英語では選挙のことをelectionといい、男の一物が立った状態をerectionと呼ぶ。一瞬、友人がlをrとすり替えたのは、クリントンの下半身への揶揄《やゆ》かと思い、でも確信はもてず、ぼくはキョトンとしていた。すると彼は、「マッカーサーの勃起の話、知らないのか?」と目を見開き、ジャパニーズ・イングリッシュの歴史的大傑作を教えてくれたのだ。

マッカーサー元帥が日本占領連合国軍最高司令官の地位にあった一九四八年の初

め、彼がその年の秋の大統領選挙に出馬するのではないかと、盛んに噂《うわさ》されていた。日本のマッカーサー信奉者たちはそれを喜び、応援しようと張り切って大きな横断幕を作った。そして都心の、元帥の車がいつも通る道の上に掲げた――"We Play For MacArthur's Erection!"当選を祈るPrayも、そのrがlに化けてしまい、「われわれはマッカーサー様の勃起のために遊んでいます!」と宣言したのだ。元帥が選挙に立たなかったのは、その横断幕が一因だったのかどうか。

二〇〇四年の大統領選挙が終盤に入り、不在者投票用紙をそろそろエアメールにのせなきゃと思っていたところへ、わが家の郵便受けに美容室のチラシが投げ込まれた。その店名が目に入ったとき、パッとMacArthur's Erectionの続編に思われた――CUM。

性的快感の絶頂に達することを日本語で「いく」というが、英語ではcomeとなる。ただ、「来る」や「届く」や「到着」などcomeのほかの意味と区別して、露骨にもろ出しの「射精」を表す場合は、同音のcumというスペルで書く。アメリカのポルノ産業は年間、百億ドル(一兆一千万円)を売り上げているというが、そのおびただしい商品ではおそらく例外なくcomeじゃなしにcumの表記だろう。cum shotという撮影の専門用語まである。

Studio CUMのネーミングはこっちの赤面を誘うほど大胆で、英語で考えるとポルノの撮影スタジオか、あるいは絶頂のサービスを提供する店かと想像される。普通の美容室だとは、ただの一人も思わない。

一張羅

不眠の群れ

不眠症の一番つましい対処法は、頭の中で羊を数えることだろう。元々は羊飼いのイメージトレーニングから始まったのか、英語圏では昔ながらのその自己暗示があまりにポピュラーでcount sheepというと、眠れない人が「眠りにつこうとする」意味のイディオムになる。ぼくはベッドでも布団でも、あるいは路上であってもほとんど即座に寝付けるタイプなので、羊勘定とはとんと縁遠い。

ところで、羊を数えるときは、静かに草をはむ一群を思い浮かべるのではなく、次々と柵《さく》を飛び越えるやつを数えるのが決まりだ。ただし羊たちをどういうアングルから眺めるかは、個人の自由らしい。その証拠に、アメリカにこんな小話がある。

――うまく眠れない男が羊を数えることにしたが、途中から不安になった。「さっき一匹抜かしてしまったんじゃないかな……おれのシープ・トータルは間違ってるかもしれない……」。己の計算を疑り出すと、よけいに眠れなくなり、その悪循環で目のふちに本格的な隈《くま》ができた。けれど、羊勘定三日目にはアイディアがひらめいたのだ。「一匹二匹じゃなくて、羊の足の本数を数えて、最後に合計を四で割ればいい。もし端数が出たら、計算がくるったって分かる」。そのうち足勘定の正確さでは飽き足らず、男は羊が柵を飛び越える真下の位置で仰向けになり、蹄《ひづめ》を数えることにして、その合計を八で割った、とさ――。

普通サイズの和英辞典で「群れ」を引くと、英訳として十数個の単語が並んでいる。分厚い辞典だと数はさらに多く、数十種類の英語の「群れ」がずらっと。専門書には数百もの言い方が出てくる。例えば羊の群れをflockというが、同じ偶蹄目《ぐうていもく》の牛の群れはherdと呼ぶ。ライオンは誇り高く威風堂々なので、集まればa pride of lionsとなる。うざったい蚋《ぶよ》ならswarmだ。雁たちの場合は、地上に降りていれば羊と同じflockでいいが、飛び立つといきなりa flight of geeseに言い方が改まる。

ぼくがもし不眠症にかかったら、頭の中で英語の「群れ」の呼称を順に挙げていくのもいいかもしれない。バラエティーに富みすぎて、逆効果か。

腹に効く?

アメリカから友人知人のだれかが日本にくるとなると、東京一日観光のガイド役として、ぼくに白羽の矢が立つ。自分にとっての「庭」たる池袋界隈《かいわい》を歩くのもいいし、新宿見物も一興だし、銀ぶら、谷中散策、上野の博物館巡り、巣鴨《すがも》とげぬき地蔵へ連れて行っても楽しい。でも回数でいえば、一番多く案内してきたのは浅草だろう。

このあいだも、母の中学時代からの親友のジェーンと、その旦那のトムが東京にやってきて、やはり雷門《かみなりもん》での待ち合わせとなった。

さっそく仲見世《なかみせ》の物色が始まり、干支《えと》関連グッズを説明したら、二人とも今年「還暦」を迎えることが判明。猿のお守りをそれぞれ購入。

白髪になってきたジェーンだが、体形は昔と変わらずすらっとしている。トムは、腹が以前から出ていたけれど、近年それがますます立派で、サンタに扮《ふん》するにもやや出っ張り過ぎかと思う領域に入った。

浅草寺《せんそうじ》の宝蔵門《ほうぞうもん》をくぐると、まず正面の巨大香炉に二人が近寄り、見入っていた。「みな線香の煙を体につけるようなしぐさをするのはどうしてか?」と聞かれ、「状態がよくないところとか、足りないところに煙を当てれば、そこが浄化されてよくなると信じられている」——そんな説明をすると、ジェーンはすぐに「ボケませんように」と、頭へ煙を漂わせた。トムのほうは少し考えた上で、両手で腹のあたりに煙を集めた。そこでぼくは驚くふりをして、

「えっ！　もっとでっかくするの?」

ジェーンは爆笑したけれど、トム本人の苦笑がなんとも悲しそうで、冗談が過ぎてしまったようだ。そのあと、おみくじに「大吉」が出ても、トムはあまり元気がなく、美味しい天丼を昼に食べて、やっと機嫌が直った。

霜降りそっくり

数年前、イタリアのある雑誌から、日本の霜降り牛肉についての記事を頼まれた。依頼メールの末尾に「こちらのスタジオで撮影したいので、見栄えのするシモフリ

を国際急便で送ってもらえないか」とあった。ぼくは「ビーフジャーキーだって税関でひっかかるから、生の肉は恐らく無理。ミラノの日本料理店に当たってみたらどう?」と返事のメールを出し、でもダメモトで聞いてみようと、近所の郵便局へ出かけた。

郵便局の手前の角が洋食屋で、その入り口のウインドーの中に、埃をかぶったハンバーグステーキとスパゲッティの食品サンプルが安置してある。見慣れた光景だが、その日は目に飛び込んできた。「そうか、偽物を送ればひっかからない!」

——郵便局を素通りして、かっぱ橋道具街へ向かった。

食品サンプルの専門店の棚には、まばゆいばかりのごちそうが犇《ひし》めき合っていた。個人的な好みから、まず寿司と焼き魚を物色して、それから肉のコーナーに移り、赤々とした霜降りのステーキと薄切り肉を一枚ずつ選んだ。店の主人に、作り方のコツを尋ねると、「本物を、穴があくくらい見て、細部を知り尽くすことだね。こっちの原料はビニールだけど、ご飯なんか一粒一粒こしらえてから握り寿司の形にする」。

さらに聞けば、創業七十年を誇るその店の出発点は、食べ物ではなく人体だった。「解剖学の勉強で、臓器や筋肉など人間の身体のさまざまな模型を使う。うちはそれらを製造していて、途中からその技術を食品サンプルの分野でも応用したわけだ」。

日本語オンリーのメニュー表を、今でこそ読めるが、来日した当初、未知の食文化に分け入るためには、本物そっくりに作られたサンプルが心強い味方だった。しかし解剖学との関係を知ってから、ぼくのサンプルを見る目が変わり、無意識のうちについ、自分の身体のどこかと比べてしまったりするようになった。例えば鶏《とり》の手羽と手の親指、白菜の葉脈と手の甲の静脈、餃子《ギョウザ》と自らの耳……。

かっぱ橋の霜降りは、エアメールでイタリアへ旅立ち、他国の肉といっしょに並べられ、大写しで雑誌に載った。ほかはみな本物だったが、ビニール製のあの肉がとりわけ色艶《いろつや》がよく、一番見栄えがした。

なやみ

「アーサーです」と自己紹介するとき、いつも気になる——自分の名前が。「ARTHUR」と英語のままなら子音が詰まっていて、そこそこシマるのだけれど、日本語に置き換えると間延びして、まるでアクビのよう。「自転車野郎のアーサーって知ってる?」みたいに、話の途中で出てくればさほどでもないが、自らいう場合は大概《たいがい》しょっぱなだ。

「アーサーです。発信音のあとにメッセージをお入れください」。BGMを流したり、声色を遣ったり、あれこれ工夫をこらしてはみるが、留守番電話の録音がどうにも。居留守をつかうとき、やはりいつも気になる。

「アーサー」を速く、短くいえば引き締まる。しかしそうすると「朝」に通じて、言葉遊びのネタにされる。相手がソーいう、というかアーいうジョーク好きな人間だと、こっちが自己紹介の「あー」をどんなにのばしたところで、きまって「夜でもアサですか」と返してくる。来日して十年になるが、この駄洒落を何度聞いたことか。いや、もう聞いてなどいなくて、くるかなと思うと即座に耳のスイッチを消して頭を居留守にし、顔もオートマチックに切り替える。むこうが「ヨルデモ……」と口をパクパクさせているのをぼくの目のセンサーがキャッチするやいなや、顔がそれ専用の作り笑いを自動的に作るのだ。

こんな厄介《やっかい》な名前を持っているのは、もちろんぼくだけではない。アーサー王も仲間のひとりだ。ただ、カタカナが発明される前の時代の人なので、こっちの〈名やみ〉は知らない。キングの「オー」がつくと、余計に間延びしてしまうのだけれど。

〈名やみ〉と引き換えに、日本語名で生まれ変わったぼくは幸福だと思うことも、かなりある。ひとつには、ぼく、おれ、おいら、わたし、「わたくし」という現象」、「朕《ちん》思うに」……実にさまざまなアーサーが言い表せることだ。ずっと「I」「ME」のみで生きていたらきっと区別がつかなかっただろうという、自己の陰影のようなものが、たしかに存在する。

〈いわなくていいI〉が、ぼくの気に入りだ。例えば「けさペダルをこいでいたら……」と切り出せば、〈こぎ主〉がだれか分かってもらえる。日本語はこうして「ぼく」を省略するので、主語・目的語の主従関係がなんだか、より平等に近づく感じがする。

ぼくの錯覚かもしれないが、道端の草木や頭上の烏《からす》、路面のアスファルト、自転車の二十一段のギアたちとも「同化」しやすい言語環境が、日本語にはあるように思える。アイが前面に出る、マイ母国語に比べれば。

ペダルをこぎこぎ目的地に着き、そこで初めての人に会うと、またもや「アーサーです……」をいわなければならないが。

一張羅

「大事な一張羅《いっちょうら》を虫に食われるという苦い目に、己は一度も遭ったことがない。なぜなら、一張羅を毎日欠かさず着ているからだ」――十八世紀の英国の詩人、アレクサンダー・ポープが残したジョークである。

たった一着しかヨソユキを持っていなかったら、それは不便なこともあろうが、押し入れの中がさっぱりしていて、あながち悪くなさそうだ。ぼくの押し入れには、虫よけを添えて大事にしまった洋服が何着も眠っているけれど、結局はなんとなく気に入った「一張羅」ばかり着てしまうのだ――季節に合わなくなるまで、もしくはヨレヨレになって部屋着に格下げされる日まで。以前、同じカメラマンに二度、別々の取材で会ったが、二回目は「ファッションが徹底してますネ、こないだとそっくり同じで。次回はこちらで衣装を用意しましょうか？」とからかわれた。

そんなぼくにとって、チョッキというのは重宝だ。パッとそれを着る、あるいは着替えるだけで、シャツとズボンの一本調子がいくらかごまかせる。アイロンがけが行き届いていない点も、多少はカバーしてくれる。ぼくのチョッキ好きは幼稚園児のころにさかのぼるが、当時はカウボーイにあこがれて毎日、擬革のブーツとお子様サイズのテンガロンハットと、スエードのチョッキでばっちり決めていた。銀メッキのボタンがうざったいくらい付いていたあのチョッキを、ポケットや首のあたりがテカテカするまで着ていて、思えば一本調子の癖は、最初からあったわけだ。

ぼくは来日するまで、チョッキ類をみなvestと呼んでいたが、愉快な響きの「チョッキ」を知ると、着るのがますます楽しくなった。促音《そくおん》の勢いと、それを包むチョとキの可愛らしさ、袖《そで》をチョキチョキ切り落としたイメージの滑稽味《こっけいみ》、どこからきた外来語なのか出自が謎めいているところも魅力を増幅させる——オランダ語のjak、ポルトガル語のjaqueta、英語のjacketからか。古フランス語の「小作人」を意味するjacquesが大本《おおもと》か。

数年前、旅先のカルカッタで買った赤いチョッキは、還暦まで持たせたいものだ。

II

ビッグな話

〈からゆき〉のおサキさんと〈JAPANゆき〉のぼく

大学を中退してイタリアへ渡り、アメリカに戻ってまた入学し、一学期を終わらせてから今度はインドへ飛んで行き、半年経《た》って再び帰国、一九九〇年の一月に、ぼくはやっと卒業論文にとりかかった。

専攻は「英米文学」。造語の名人で、シェークスピアの飲み友だちでもあったトマス・ナッシュの、レトリックについて書くことにした。まずは『不運な旅人』など、ナッシュの作品を読み直し、それから修辞法の研究書を手当たり次第にひもといていった。

その一冊の中にはなぜか「表意文字」、つまり漢字を取り上げるエッセイが載っていた。読んで、ぼくは面食らった。タミル語の文字とも、サンスクリットの文字とも、アルファベットなんかともまったく違う。まだ一度も出かけたことのない

〈別天地〉が、ちらっと覗《のぞ》けたのだ。

いきなり表意文字で考えたり、生活したりしてみたくなった。図書館のエンサイクロペディアで「チャイナ」と「ジャパン」の項目をざっと読んだ。どっちにしようか? 「チャイニーズ」と「ジャパニーズ」を引いた。なんとなく、日本語が口に合いそうな予感が……。

「その国の料理が口に合えば言葉もきっと口に合う」というのが、ぼくの理屈に合わない理屈だった(イタリアでもインドでも、両方とも合った)ので、さっそくマンハッタンへ出かけ、日本料理店で食べた。サシミ、ミソスープ、トウフ、ソバヌードル、グリーンティー、どれもいける。大学の「ジャパニーズ・ワン」の授業に、モグリ込むことにした。

二カ月ばかりしてある晩、「ジャパン・センター」と呼ばれる資料室へ足を運んだ。日本映画がたくさんあると知って、自分の付け焼き刃の「リスニング(聞き取り)の腕」をためそうと思った。

ずらっと並んでいるビデオを見て、最初に目についたのは『セブン・サムライ』。アカデミー賞を取ったっけ。箱の裏を読むと、三時間近くの大作だ。センターが閉まるまで、あと一時間ちょっとしかない。

追い出されるまで、飛ばしたり巻き戻したりしながら『七人の侍』を見た。すごい映画だと分かった。けれど、台詞《せりふ》がまるっきり聞き取れず、単語を拾って和英辞典で引くことさえできず、英語の字幕に頼るほかすべはなかった。トシロ・ミフネの話す言語が「ジャパニーズ」なら、ぼくには無理かもしれないが、チャイニーズのほうがよかったかな。中華料理だってきらいじゃないし、とかなんとかその夜、考え込んだ。けれど翌日、映画の中の農民みたいに、意地でも負けられないと勇気を奮《ふる》い起こし、ぼくは再びジャパン・センターへ向かった。

今度はチャンバラを敬遠して、女を主人公にしたビデオを選んだ。九州の草深い田舎《いなか》、ある集落のはずれにほそぼそと暮らすおばあさんの物語。タイトルを忘れたが、彼女の名前はずっと覚えている。「おサキさん」。女性史の研究家と知り合い、親しくなり、自分の身の上を打ち明ける。貧しい家に生まれたこと、若いころに売られ、いわゆる〈からゆきさん〉としてボルネオへ連れて行かれたこと、売春を強制されたこと、帰国してからの差別も……。

やはり台詞が聞き取れず、今度もぼくは字幕ばかり読んでいた。けれど『セブン・サムライ』と違って、ところどころで単語を拾い、辞書で調べることができた。

例えば晴れた朝、おサキさんが家の裏山に登って空を見上げ、お祈りをする場面があった。巻き戻してようやく「オテントウサマ」という語が、つかみ取れた。和英で引くと「SUN」、字は「お天道様」。それから漢英辞典で「天」と「道」を探しあてる。なるほど、天の道を行くのは「SUN」。おもしろがって「お天道様！」と、ぼくも柏手《かしわで》を打ってマネしたものだ。

ほかにもおもしろい、しかも使うチャンスがめったにぼくにはやってこない言葉を、あの映画の台詞から拾って覚えた。「ヨメゴ」（嫁御）、「ゴフジョウ」（御不浄）、「ゼゲン」（女衒）うんうん。「バッテン」という表現もやたら出てきたのだ。しかし和英辞典には「罰点」しかなく、変だなと、自分の耳を疑ったりした。

おサキさんを演じた女優は、実にすごかった。とても演じていると思えず、ほんとのおサキさんだと、ぼくは信じ切った。そして、彼女が住んでいる茅屋《あばらや》、その黄ばんだ破れ障子とちゃぶ台、ささくれた畳、天井のクモの巣、ぶら下がる裸電球。一つ一つの日本語名こそは知らなかったが、映像としては脳裏に焼き付けられたのだ。おサキさんと話がしたい、あの家でちょっと暮らしてみたい。そんな気持ちがした。

ぼくのジャパンゆきは、これで決まったようなものだ。卒論を仕上げ、卒業式をサボり、九〇年の晩春、東京に着いた。

九六年の秋、ぼくは調布の日活撮影所で、日本映画の美術の大家に会った。『ツィゴイネルワイゼン』『未完の対局』『海と毒薬』、数々の名作の美術監督をつとめてきた木村威夫《きむらたけお》さん。一九四一年に旧日活撮影所に入社してから、七二年にフリーランスとなるまで、ずっと調布で映画作り。そして今は仕事の合間を縫って、日活芸術学院で「美術」を教え、若い人材を養成している。

そとでは雨がしとしと降っていたが、木村さんが案内してくださった十一番スタジオには青空が広がり、清水をたたえた湖の向こうに、万年雪をかぶった山がそびえていた。「こういった背景の絵も、お描きになることがあるんですか？」と聞くと、木村さんは笑って、「それは専門の人がいますよ」と。

隣のスタジオでは撮影が始まろうとしていた。バックに貼《は》られた幕は、鮮やかなブルー一色。「アメリカからきた技術だ」と木村さんが説明してくださった。「たとえば、富士山の映像をバックに重ねて処理すると、ほんとに富士山麓《さんろく》のロケで撮ってきたふうに見える」。

ロケとロケハンについて尋ねてみると、話題がいきなりインドへと飛んだ。『深い河』の撮影のために木村さんはおととし、長いこと滞在したそうだ。ぼくもそういえば、七年前の今ごろマドラスに住んでいた。

沐浴《もくよく》と洗濯女、水葬と水牛、人生観、腹下し……インドの土産話《みやげ》で盛り上がった。ガンジス河のほとりで、木村さんは『深い河』のセットとして、火葬場を作った。人手よりは、材木のほうが高かったという。

「予算をオーバーすることとありますか?」と、ぼくはヤボったい質問をしてしまった。

「『サンダカン八番娼館・望郷』という映画を撮ったときは、大分オーバーしたな。それも材木のため。昔のボルネオの港町を復元したんだ」。

ボルネオ? プロットを聞くと、〈からゆきさん〉の生き残りであるおばあさんが、九州の天草《あまくさ》で一人暮らししていて、女性史の研究家とたまたま知り合う……。

おサキさん。日本へ来てからぼくは何度か、ビデオ屋で探してみたことがあったけれど、題名が思い出せず分からずダメだった。もう再会できないものと、あきらめていた。リュックからノートを出して、メモを取る。監督：熊井啓。主演：田中絹代。

美術監督：木村威夫。ぼくを日本へ誘い込んだ、あの茅屋の破れ障子とちゃぶ台、ささくれた畳もクモの巣も、みな木村さんのワザだったのか。

『サンダカン八番娼館』と『七人の侍』を、ビデオ屋から借りてこよう。「バッテン」も分かるようになったし、おサキさんの台詞はきっと、聞き取れると思う。三船敏郎のは、字幕なしだと、まだまだ無理かもしれないが。

レールを感じさせない、宮柊二の短歌列車（一九九六年）

海外をのぞけば、ほとんどどこへ行くにもぼくは、ペダルをこぐ。こぎ廻《まわ》るようになってから三年近く経つので、頭の中に東京都の地図は、あらましインプット。考えてみれば、わが二十一段〈トレック〉自転車を愛する心と、電車や地下鉄をうとましく思う心とが、ないまぜになってぼくをチャリンコ野郎の道に引っ張り込んだのだ。が、つい最近までは自分の交通行動についてさほど深く考えもせず、ただひたすらこいでいた。

実をいうと先月、ある汗ばんだ夕暮れに、事故に遭ってしまった。サントリーホールでコンサートを聴こうと、池袋を出発して早稲田を突き抜け、外苑《がいえん》東通りで四谷三丁目にさしかかったとき、目の前でタクシーがドアを開け放ってくれた！

今までに、滑ってこけたり、ぶつけられたりして、ジコったことは何度かあるけれど、こっちが満身創痍《まんしんそうい》となっても、愛車はいつも無事に済んだ。しかし今回はあべこべ――ぼくはドアの上を飛んでアスファルトに落ち、軽い打撲とすり傷を被《こうむ》っただけで、自転車が衝突の打撃をもろに受けた。前輪がぐちゃぐちゃに、スポークがのびたスパゲッティみたいになり、フォークも曲がった。

タクシーの運転手さんは「ソリー、ベリーソリー」と、謝ることしきり。チャリンコの残骸《ざんがい》をなんとかトランクに積んで紐《ひも》で固定。それからぼくを客のように後ろの席に乗せ、〈トレック〉を扱っている自転車屋への道順を請《こ》う。「お国はどちら？日本は長い？」かくかくしかじかの質問もしてくる。肘《ひじ》と膝《ひざ》をさすりながら、ぼくは答えた。

自転車屋では修理を頼み、運転手さんが全額負担を約束してくれた。だが、アメリカ製の自転車なので部品のストックがなく、取り寄せるのに一カ月以上かかるとか。打撲傷よりは、その言葉のほうが痛かった。

というわけで、夏の半ばからぼくはアシナシの日々を送っている。久々に山手線などに乗って、詩のノートに何やかや書き留めたり、自分がなぜ電車を避けてきたかについて考えたり。

なんといってもやはり、進む方向を定めてしまう、このレールがいけない。池袋から、例えば三鷹《みたか》へ行くのに、いろんな道があってしかるべき。哲学堂・新井薬師《あらいやくし》辺りを通るのもいいし、神田川・善福寺《ぜんぷくじ》川のくねくねコースでもいいし、練馬《ねりま》・千川《せんかわ》通りの北回りも悪くない。

けれど電車となると、いやおうなしに新宿乗り換え・中央線だ。もちろん道だって、国か都か市かが舗装して、方向が定められているものだけれど、いつどこで右折、また左折するか、歩道をのんびり走るか車道をぶっとばすか、自由に選べて、自分らしく行ける。

詩人のハシクレのぼくが定型詩を極力避け、いわゆる自由詩にばかり走るイワレも、きっとそこにある。シェークスピアのある一篇が到達した〈境地〉と、ぼくがノートにいたずら書きする一篇の〈目的地〉とが、ほぼ同じところという場合だってある。それならこっちもソネットの十四行のレールに乗ったほうが、能率がよかろう。迷ったり、袋小路に入ってしまったり、ジコったりするよりは。でも、ぼくはソネットを書かない。

さっき「定型詩を極力避ける」といったが、ひとつ白状せねばならないことがある。短歌だけは、それも月に一首だけだが、詠《よ》んでいる。

日本へ来たばかりのぼくは、日本語学校に毎日通い、放課後は習いたての言葉を使って買い物。早くもやみつきになったアンパンを求めて、近所の〈マルモ・ベーカリー〉に寄ると、おばあさんがレジの脇《わき》にノートを広げ、何かつぶやきながら綴《つづ》ったり消したりしている。ときには指を折って数えたりもする。

いつか、百十円を払いながら尋ねてみた。「何を書いていらっしゃるんですか?」。「書いていらっしゃるというほどのものじゃありませんけど……」と笑って、おばあさんは三十一文字《みそひともじ》、五七五七七を説明して、カウンターの下からホヤホヤの自費出版歌集を引き出し、くれた。

「ご興味があれば、一度『あけぼの短歌会』にいらっしてください。おばあさんばっかりですけど」。

その言葉に甘えてぼくは五年このかた、月々一首を持参して「あけぼの」へ出かけ続けている。ずっと詠んでいるクセに、ほかの人の歌はあまり読まない。「あけぼの」の仲間の詠草《えいそう》以外は。

だから、戦後短歌の第一人者・宮柊二《みやしゅうじ》の作品と出会ったのも、つい今年の梅雨《つゆ》のこと。『三鷹文学散歩』という本をブラブラ読んでいたら、その中に宮柊二とその周辺を綴った、宮英子さんの文章が寄せられていた——。

若き宮柊二が北原白秋の秘書をつとめたこと。戦後、宮氏が短歌・美術の雑誌

『コスモス』を創刊したいきさつ。その『コスモス』が三鷹台の宮家の書庫でずっと編集発行され、今や歌壇随一である話。昭和三十年代、製鉄会社に勤務しながら、執筆、選歌、編集などなど、宮氏のすさまじい活躍ぶり。子育てをしながら清書したり、原稿を届けたり、夫の手足となって働いた本人・英子さんの様子も……。

そのさわやかな語りに惹《ひ》かれるとともに、文中で引用されていた宮柊二作の短歌に、ぼくは大きな魅力を感じた。

自転車を道に駆りこし修道女えごの木下《こした》に降りて汗拭く

ユーモラスでありながら、味わい深い。修道女とえごの木がみごとにマッチ。一枚の絵として鮮明に浮かんでくるのだ。

ぼくが短歌を詠むと、なんだか古い列車に乗っているみたいで、五七五七七のレールがガタガタいう。だが、宮氏の歌はまるきりレールが感じられず、題材が自由に動いているよう。動植物にそなわる、洗練された自然さが、この短歌にもそなわっている。

おまけにサイクリングという、ぼく好みのテーマだ。さっそく岩波文庫の『宮柊二歌集』を手に入れ、読み出した。そして三鷹市役所を通じて、英子さんと連絡をとり、宮家へお邪魔に上がることを、こころよく承諾していただいた。
山手線、中央線、井《い》の頭《かしら》線の車内で、英子さんが共編した『宮柊二歌集』を読み返し、特に好きな歌に印をつけた。

いろ黒き蟻あつまりて落蟬《おちぜみ》を晩夏の庭に努力して運ぶ

努力という言葉は、蟻《あり》のありさまにピッタリだ。

凜々《りんりん》とこころふるひてわれは見つ歩道に鳩はいま接吻す

自転車で歩道を疾走して、どいた！　どいた！　とぼくは、ずいぶん鳩たちをいじめてきたな。じっくりと、澄んだ目で眺めておけば、こんな感動があったのに。

はらわたを絞りて犬が糞《ふん》するを見つつ立ちをり心弱く吾れ

シモネタをこれほど清く、こんなに深く詠めるものかぁ！

藤棚の茂りの下の小室にわれの孤《ひと》りを許す世界あり

一読では、ちょっとアマいかなと思い、再び読んだらとんでもない。広大な精神の上に、そびえる一首の孤山。

あたたかき饂飩《うどん》食ふかと吾が部屋の前にたちつつわが妻が言ふ

三鷹台の駅から五分ほど、汗をふきふき歩いて行ったら、玄関であたたかく、英子さんに迎えられた。居間で冷たい素麺《そうめん》をいただき、お話をうかがう。『婦人之友』の短歌の選評、『コスモス』の編集作業、エッセイや歌作り、それに、新潟県北魚沼《きたうおぬま》郡に新しくできた〈宮柊二記念館〉のための資料の整理……そんな多忙な英子さんだが、時間を見つけては、旅に出る。宮氏が一兵士として送られ、戦った地・中国の山西省を、あさってから訪れる予定であるとか。

きょうは宮家に植木屋さんもきていて、切り落とされた枝葉のすがすがしい匂《にお》いが、裏庭から漂ってくる。ふと、あの歌が浮かぶ。

自転車を道に駆りこし修道女えごの木下に降りて汗拭く

この近所にあったピエ・デ・セポレ修道院は、もう二十年近く前に、八王子へ引っ越したという。ぼくの愛車がなおったら、鳩のアベックを驚かさないよう、ペダルをゆっくりこぎ、木下にときどき止まって、汗を拭こう。

ラクゴに寄席て

初めて落語と出合ったのは、お習字を通じてだ。アメリカからやって来たばかりのぼくは、しゃべることもそうだが、日本語の読み書きなんぞ手に余るものだった。そこで、正座して心をひきしめ、筆と墨でかっこよく書けば覚えられるかもしれないと思いつき、近所の書道教室へ通うことにした。

教室の隣の部屋には、いつも綿入れを着たおじいさんが炬燵《こたつ》に入っている。尋ねると、それは先生のお父さんでお医者さんだが、このところ体調が思わしくなく、仕事を休んで安静につとめているとのこと。

いつしかおじいさんと挨拶《あいさつ》を交わすようになった。そしてある日、お習字が終わってから炬燵に呼び寄せられた。そこにはレコードとカセットが山と積まれていて、おじいさんぐらいの年格好の男の似顔絵や写真が表紙についていた。「これをラクゴといいます。日本のおはなしです。面白いよ」おじいさんはこう説明して、カセットを一個貸してくれた。

持って帰って、ラジカセでかけてみると、難しいのなんの。何回聴いても分からない。題名の『なめる』と「円生《えんしょう》」という名前ぐらい覚えておいて、次のお習字の日におじいさんに返した。

するともう一個貸し出された。金馬《きんば》の『佃祭り《つくだ》』だったかな。

何カ月もこんな具合に、ときにはぼくも炬燵に入り、ふたりで一席を聴いたりもした。よく笑ったけれど、それは理解した上ではなく、ただおじいさんのげらげら笑いに触発されていただけのこと。だが、話のリズムや声の調子にひきつけられ、ぼくは音楽の一種として落語を楽しみ始めた。

そのうちにストーリーの内容も、ちょっぴり聞き取れるようになった。お習字を習いに来ているのか落語を聴きに来ているのか、といった感じで炬燵に入り浸ったものだ。

初めて噺《はなし》の〈落ち〉が分かったときは嬉《うれ》しかった。たしか『目黒《めぐろ》の秋刀魚《さんま》』だった。まだ「目黒」と「目白《めじろ》」の区別もつかないぼくだったが、日本語学校で学んで間もない「AはBに限る」という構文がぴんと来て、おじいさんより先に笑い出したのだ。

あの時分のぼくにとって、落語はラジカセに耳を傾け、お習字をさぼって聴くのに限るのだった。おじいさんはきっと、元気になったら落語鑑賞の〈弟子〉を引き連れて、生の噺を聴きにいくつもりだったろうと思う。でも、病気が治らず、亡くなってしまった。

そのあとだ。生きた噺家がいる〈寄席《よせ》〉というところがあると知って、上野だの新宿だの、ときには浅草まで足を運ぶようになったのは。

生の噺は、やはり迫力がある。しぐさや顔の表情が見えると、一段と面白い。ただし、巻き戻しがきかない。

だから寄席行きというと、ぼくは英和、和英、そして国語辞典を持参。日本語修行中の身のため、というわけではなかろうが、〈鈴本〉の席には小さなテーブルがついていて、調べたりメモったりするのに重宝した。

落ちを聞き落とさないようにいつも前のほうに座るが、かぶり付きにいても高座《こうざ》はずっと遠い別天地のようだった。お習字はあいかわらず続けていたが、あの〈めくり〉の文字はなかなか解読できなかった。何かのおまじないみたいに座蒲団《ざぶとん》がひっくり返されると、噺家さんが登場。町ではめったに見かけない和服姿で、人間業と思えない話術を繰り広げる。圧倒されて、おじいさんを偲《しの》びながらテープを聴いているほうが楽だなと、挫折《ざせつ》感を味わうこともあった。

しかし先だって、鈴本演芸場の鈴木席亭《せきてい》に楽屋を案内していただき、いろいろと教えていただいたおかげで、高座が少し身近なところになった。

まずは〈寄席文字〉のこと。墨の黒は、黒山の人だかりと同じで、人々の頭髪をあらわす。余白というのは空いているところだ。空席が埋まりますようにと、願いをこめて太く、濃く書くのだそうだ。

それから前座さん。めくりをめくって、座蒲団を返す人のことだが、ぼくはきっとアルバイトでそれだけやって、あとは舞台袖《そで》で居眠りでもしているんじゃないかと思っていたら、とんでもない。

開場前に早く来て、楽屋の廊下で着替える。一番太鼓《だいこ》を叩《たた》き、二番太鼓を叩いてから高座に座って一席。羽織を着てはいけないらしい。それからめくりと高座返しの合間をぬって、先輩や先生方にお茶を出したり、着物を着せたり、畳んだり、ネタ帳をつけたり、ぼくみたいな門外漢の質問に答えたりもしなくちゃならない。トりが終わるとハネ太鼓を叩いてお客さんを送る。

大変そうだが、ちょっとやってみたい気もする。

楽屋で円窓《えんそう》さんと円菊《えんぎく》さんにお会いした。ぼくにとっては日本語の神様のような方なので、緊張してしまって何と言ったらいいか分からなかった。けれど、ふたりとも気さくに話しかけてきて、ぼくのお粗末な日本語もほめてくださった。

すっかりいい心持ちになって、客席へ回って聴いていると、一朝《いっちょう》さんが思い出の『目黒の秋刀魚』を演じ、落語は生に限るなあ、と感じ入った。

ハネ太鼓を最後まで聞いてから、なんとなく不忍池《しのばずのいけ》へ。水面に浮かぶビルの明かりを眺めながら「このままハマっていくと、米大統領になるという、ぼくの人生計画を諦《あきら》め、変な外人ラクゴ家として日本に骨を埋《うず》めることになりかねない」と思えた。

もちろん、芸能界出身のレーガンという人が二回も当選したことだし、史上初の噺家大統領立候補者として名を成してもいい。しかし出馬しても、噺家には〈落ち〉は付き物だ。

春は竹の釣り竿

「人間の寿命は神々が定めるが、決算の際、各人が魚釣りに費やした時間は免除され、差し引かれない」。これはもともとバビロニアの格言らしいが、大恐慌のときの米大統領で、無類な釣り好きだったフーバー氏がよく口にしたので、アメリカ全土に広がったそうな。ぼくは昔、父親から聞いた。

父もまた無類な釣り好き。少年のころは学校をサボって、川や湖で糸を垂らしていたという。ミミズだのコオロギだの、ザリガニ、モロコ、ルアー、スプーンなど、あの手この手の餌《えさ》と仕掛けを駆使したが、二十歳過ぎてフライフィッシングに手を染め、それが病みつきになった。

「フライ」イコール「毛鉤《けばり》」。鱒《ます》が好むカゲロウ、トビケラ、さまざまな昆虫の幼虫と成虫を、動物の毛や羽で真似《まね》て作る。無論、既製品がいくらでも手に入るが、フライフィッシング病膏肓《やまいこうこう》に入《い》ると、自分でこしらえなければ気が済まない。父も道具を揃《そろ》え、地下室で夜中まで針にいろいろ巻いては難しい顔をし、魚の胸中を察しようとしたものだ。

竿《さお》にも当然凝り出し、グラスやカーボン製のものでは満足がいかなくなった。初めての竹の釣り竿を入手しに行ったとき、ぼくも特注のそれを取りにポール・ヤングという職人の工房まで、父といっしょに行った。ニスの匂いと、「チャイナから来たんだよ」と教えられた竹材と、ほかに覚えているものといえば、ヤング氏の竹みたいに節くれ立った手。それからその夜、家に帰って、竿の値段のことで母からクレームが出たことも。たしかぼくが七、八歳のころだった。

翌年の夏、あの竿で父は六十センチもある鱒を釣り上げ、仲間におだてられて剝《はく》製《せい》にした。思えば、それができ上がったときも、父といっしょに剝製屋へ行き、家に持ち帰ってやはり、母のクレームを浴びたのだ。

釣りに費やした時間が差し引かれないとすると、うちの父親はひどく短命だった。フィッシング・タイムを計算に入れても享年四十歳。突如として十二歳のぼくは、一生分の釣り具の持ち主になってしまった。

使いこなせず、名前負けならぬ「道具負け」で、やがてぼくはそれを半ばオブジェとして捉《とら》えるようになり、釣りの時間よりも、竿や毛鉤を眺めるのに費やした時間のほうがはるかに長い。その後、年に一度、四月末の「ミシガン州渓流釣り解禁日」に父の旧友が集まり、ぼくも仲間に入れてもらって釣りをした。オ、デ、コ、でも、あの時間はぼくにとって大きな釣果《ちょうか》だったような気がする。東京で花粉症に喘《あえ》いでいる今でも毎年、春めいてくると思い出す。

そんな今春、不忍池のほとりの「竿富《さおとみ》」へ出かけ、二代目のご主人・吉田嘉弘さんに、江戸和竿の話を聞かせてもらう幸運に恵まれた。店内に入ると吉田さんは、特注の「きす竿」を制作中だった。矢竹《やだけ》のその竿に、ソフトカーボンの穂先を「仮巻《かりまき》」で固定させ、作業台の上で平ヤスリを当てて削る。削り屑《くず》がたまってきたなと思うと、ヤスリを休め、竿を少し持ち上げ、指先でその穂先を撓《たわ》める。台の上の屑を払い、再び削り出し、しばらくしてまた撓める。野暮と思いながらも、ぼくは尋ねた——「その……曲げるとき、何を見ているんですか」。

「穂先の調子、曲がったときどんなカーブを描くか、それを目で確かめている。あとは指で弾力を確かめながら、アワセと、しょわせるだろうオモリを考えて……」。ノートを広げてぼくがその言葉をメモっていると、「あなたも左利きだね」と吉田さんはいう。左手でヤスリを操りながら。

それからギッチョ同士の不便ばなしで会話が弾み、結局、左利きが良いという結論に達したところで、ぼくは竿師になった経緯を、吉田さんに聞いてみた。

「祖父は庭師だったが、たいへん釣りが好きで、自分の息子を庭師にしないで竿師にしたんだ。息子、つまりうちの父親は、もちろん釣りもしたがどちらかといえば、竿作りのほうに専念。学校嫌いな私は、祖父に似て釣り好きで、ま、そんなわけで中学校を卒業してすぐ、この道に入った。魚釣りを祖父に、竿作りは父に教わったといった具合だ」

一番好きな釣りは？　と尋ねると、ハゼやカワハギ、いくつもの候補が出たが、「でもやはりタナゴかな」——そこで吉田さんは、小さな筆箱みたいなものを取り出し、その中から三本、いや六本、アラアラッ、手品を見ているように七、八、九、十本の「節」にまで増やした。それから穂先を「穂持《ほもち》」に差し込み、みるみる「たなご竿」を作ってみせてくれた。というよりも、竿が生えてきた感じだ。ニョキニョキと、まるで小竹が成長するが如《ごと》く。

これが和竿の一つの特徴だという。根づいたままの竹の自然の撓み、そのような状態で竿を再現、演出する。吉田さんのたなご竿を手に取ってみれば、なんという軽さ！　アメリカの自宅の屋根裏に眠る、父の竹釣り竿を思い浮かべる。あれは硬い古竹を細く、縦に三角に切り、その材を六本張り合わせて六角形の一本の竿になっていたはず。

江戸和竿は反対に、竹の強靭《きょうじん》な外皮と、中の空洞を生かして仕上げる。肌の美しいこと、すげ口のこまやかなこと……。父がもし生きていたら、ぼくはここに連れてくるだろうか。父の喜びとともに、母のクレームも増えることになったかもしれないが。

ところで、免除される釣りの時間には、釣り竿作りに費やした時間も、入っているのだろうか。

ビッグな話

月に一度、土曜日に習字教室へ通う。腕が上がっているのかどうか、ともかく十五年継続している。その間に、仲間の小学生たちは中学生になり、中学を卒業し、習字も卒業して、後から入ってきた生徒にもどんどん越され、今や教室の一番の古顔だ。

数年前の暮れ、ぼくの隣で書き初めの練習に励んでいた小学生の男児が、藪《やぶ》から棒に聞いてきた。「天狗《てんぐ》ってアメリカにもいるんですか?」

横からぼくの顔を見ると、のっぽ鼻がよけい目立ち、おそらくそこから連想したのだろう。「鼻が特大のアメリカ人ならいっぱいいるよ。でも、アメリカン天狗が目撃された話は聞いたことないな。その代わりサスカッチっていう化け物の噂《うわさ》は、たまに聞くけど……」

帰宅してよく考えてみると、天狗に対して失礼な話だったかもしれない。見事な翼で空を飛び、いかす山伏スタイルに羽団扇《はうちわ》などのアクセサリーまで備えている彼らと、北米の毛深い猿人風化け物を同等に扱うなんて。ただ、どっちも深山に棲《す》むところから、頭の中でパッとつながったわけだ。

「サスカッチ」とはカナダとアメリカの太平洋側の山奥にかつて棲んでいたといわれる、図体《ずうたい》の大きい人間に似た怪物で、先住民の伝説に登場し、ネーミングの“Sasquatch”はセイリッシュ族の言葉。「山男」の意味らしい。

“Bigfoot”という別名があるが、そう呼ぶと話がいよいよ胡散《うさん》臭くなる。ぼくが小学生のころ、テレビや新聞でも「ビッグフットの足跡発見！」「ビッグフット目撃情報」「ビッグフット撮影に成功！」と盛んに取り上げられていた。「やっぱり伝説は本当だった」と、信じる人も少なからずいた。ところがおとし、でっち上げの親レイ・ウォーレスが八十四歳で死に、遺族は彼の種を明かした。例えば長さ四十センチの足跡を残したのは、実はレイの友人が木で彫った足型。撮影に成功したのは、縫いぐるみを着て森を走ったレイ自身だった。

一九七〇年代のあのビッグフット・ブームに、ぼくが少しもだまされなかったのは、たぶん父親とその仲間といっしょによく渓流釣りに行っていたおかげだ。夜はキャンプファイヤーを囲んで自然発生的にほら話が始まり、そこで疑《うたぐ》ることを徐々に身につけた。

最初は「逃がした魚は大きい」の類《たぐ》いから出発して、そのうち誰かが海で釣った巨大鮫《ざめ》か、あるいは『白鯨《はくげい》』並みの鯨《くじら》話を披露、続いてこの辺りの森に潜む恐ろしい狼《おおかみ》か、じゃなければ大熊。たしか大鹿の話もあった。

そんな大ぼらが飛び交っていたある夜、父はオジブワ族の老人から教わったという「ビッグインディアン」の話を始めた。主人公は山をまたいで歩き、木を引っこ抜いて楊枝《ようじ》に使い、足跡に雨水が溜《た》まると立派な池。語りの途中で、父がいきなりみんなに手をつないで輪になるよう指示した。輪が完成すると今度は、もったいぶった低い声で「これくらい太かったんだ」といった。「何が?」と誰かが聞くと、父は「分からないのかな。親指じゃないぞ!」と爆笑。

そのあと、ビッグインディアンの上を行くような話は出てこなかった。

ぼくのポケモン

ミシガンに住むいとこの息子ベンソン君は、アメリカのミレニアム少年の例に漏れず、「ポケモン」に夢中だ。それを聞いて、原産国ニッポンのポケモンカードだのピカチュウ駄菓子だのを送ってあげたら、お礼の手紙が来た——「カードが最高！　お菓子うまかった。ジャパンのポケモンをビデオにとってもらえる？」。それからというもの、わが家では毎週木曜日が「ポケモン・デー」と定められ、十九時ぴったりに録画のボタンを押すことに。

骨折りついでに、そのままテレビの前にとどまって見てしまうこともあった。でもそうするたびに、ある種のむなしさを味わう……こんな粗末なストーリーと陳腐なセリフが、東西の子どもたちを魅惑するのか……「子どもだまし」とはよくいったものだ。が、ぼくとて昔は何かにだまされていたのだろう……。ただ、番組の仕掛けのうまさには、いささかだが敬服する。毎回新種のモンスターが登場、すかさずそれはグッズに化け、販売、繁殖、大繁盛。
自然界では生き物がどんどん絶滅して、種類が減っているというのに……そんな疑問も抱えながら、週一の「ポケモン録《ど》り」を続けていた。けれど、この間の木曜日うっかりして、ハッと気がついたときはもう八時を過ぎていた。そしてその夜、こんな夢を見たのだ。

ぼくの謡《うた》いの先生は、山手線の内側にお住まいだが、家が昔のままの木造平屋で、こぢんまりとした庭をもっている。ついさっき『俊寛《しゅんかん》』の稽古《けいこ》が終わったぼくは、縁側にあぐらをかいてぼんやりと外を眺めている。おやッ、杉の木の下枝の間にナニモノカがどうやら、空中停止しているようだ。庭下駄《にわげた》をつっかけて、見に行く。そのナニモノカの体が、少しハイキングブーツみたいな形をしていて、つま先にあたる部分に小さな口があり、そして両脇にフグの鰭《ひれ》にも似た羽をつけてブーンと、盛んに羽ばたいている。目があるかないか、よくよく見れば、口のすぐ上にかすかな胡麻《ごま》点が二個。おちょぼ口でモグモグと、最初は杉の樹皮を食べているのかと思ったらそうではなく、枝や幹に生えた僅《わず》かな苔《こけ》類をかじっているらしいのだ。それな。非常食にもなりそうに、茶色い自らの皮も苔むしている。保護色のみならず、非常食にもなりそうな。こっちが側《そば》に立っていても、相手の慌《あわ》てる様子はないが、手を伸ばして体の上部（もちろんブーツと違って穴はあいていない）に指先で触れてみるとブ―ン！　羽音が突如高まり、木の上枝へと飛び去った。縁側に戻れば謡いの先生がいて、この不可思議な生物のことを話すと、「ああ、あれはスギシメっていうやつ。たまに現れるんだ」という。そこで百科事典の「す〜せみ」の一冊がぼくに渡され、さっそく引いてみることに。「杉締（「杉〆」とも書く）甲殻《こうかく》類（また一説によると昆虫類）スギシメ科の動物の総称。かつて本州、四国、九州に広く分布していたが、環境破壊で数が激減、現在は関東と東北地方に少数が棲息《せいそく》するのみ」……とあって、ぼくはさらに読み進もうとするが字がかすんできて……

目が覚めた。起きて、わが家の百科事典、それから国語辞典、和英辞典も引いたが、「スギシメ」が出ていない。ぼくの目覚めで、やはり絶滅してしまったのだ。なんとはなしに自分に、罪悪感が残った。夢を英訳してベンソン君に送れば、モンスターにSUGISHIMEも仲間入りさせてもらえるだろうか。夢の中で辞典を引く誰かに、託すしかないのかもしれない。

「鼻たれ小僧」をめざして

今でもときおり、初対面の人に、「日本語はどこで覚えたんですか?」と聞かれる。すかさず「池袋で」と返すと、相手は決まって笑うが、これは冗談ではなくて本当だ。来日したその夜から池袋に寝泊まりし、そのまま三丁目の古いアパートに住み着いて、二年間通った日本語学校も、池袋駅北口にあった。

ただ、もし厳密にいうなら、「池袋と大塚で」と答えるべきだろう。なにしろ日本語学校よりも、「短歌」と「謡曲」を通して覚えた日本語のほうが多くて、両方の「習い事」をこの十年間、ずっと大塚で指南を受けている。ぼくにとって大塚の町は、日本語の稽古場なのだ。

「あけぼの短歌会」は南大塚社会教育会館の一室を借りて、椿《つばき》錦二《きんじ》先生の指導の下、月に一回開かれる。参加者はだいたい十五人前後。例会の一週間前までに、三十一文字を一首、葉書で世話人のところへ送る。

当日、参加者の数だけの歌に番号が振られ、読み人知らず状態でプリントにずらりと載る。中から心に響いたものを、一人三首ずつ選んで点を投じる。

いつも不思議に思うのだが、プリントを読み進んで自分の歌までくると、オヤッ、このあいだ葉書に綴《つづ》ったときと、どこか違う。実際は一字たりとも違わないのに――。世話人の読みやすい手書きで、きれいに一行にまとめられ、ほかの歌に交じって目の前に現れると、少し距離が取れるせいか。ほんの気持ちではあるが、客観視できる。するとにわかに、その弱点欠点が目につき、すでに遅しと知りつつも訂正したい衝動に駆られる。ところが、どこをどうすれば直るか……あるいは手の施しようはないのか?

一番目の歌から始まり、司会がそれを二回読み上げてから、点を入れた人が感想を述べる。話が出尽くしたあたりで、今度は椿先生が、もう一度朗読した上で、批評を開始する。さながら名医の診断のようで、歌の内部、その本音の骨の髄まで看破して、問題があれば明るみに出す。さらに、無駄が削《そ》がれて矛盾《むじゅん》も鮮やかに摘出、活用語尾をもととのえる先生のメスの冴《さ》え。絶望視されていた拙詠《せつえい》が、立ち直ってひとり歩きし出す。

「四十五十は鼻たれ小僧」と渋沢栄一はいったが、椿先生の添削を受けるたびに、その名言が思い出される。あと何年「あけぼの短歌会」に通えば、鼻たれ小僧になれるか。

白鷺《しらさぎ》ののびのびと飛ぶ空の下電線が仕切る街に吾が住む

謡いの「理春会《りしゅんかい》」も、同じ南大塚社会教育会館の、別の一室で月に二回開かれている。金春流《こんぱるりゅう》の仙田理芳《せんだりほう》先生の指導の下、『羽衣《はごろも》』『胡蝶《こちょう》』『鶴亀《つるかめ》』『黒塚《くろづか》』『鵜飼《うかい》』『俊寛《しゅんかん》』『敦盛《あつもり》』『鞍馬天狗《くらまてんぐ》』……と今までに稽古をつけていただいた演目を並べるだけでドキドキしてくる。

ある演目が終わって、次に学ぶものが決まり、新しい謡い本を見台上に広げてみれば、毎回ゼロからのスタートだ。いや、「和吟《わぎん》」と「強吟《ごうぎん》」の違い、「拍子不合《ひょうしあわず》」から「拍子合《ひょうしあい》」への切り替えなど、多少のことは体に一応染み込んでいる。けれど先生と向かい合わせで一くさりずつ、お手本を聴かせていただいた上で、そのように唸《うな》ろうとすると、自分が長い石段の一番下にいる思いだ。繰り返し謡って、一段一段登っていくほかない。自然と、まるで湧水《わきみず》のようにわき出る先生の声が、こちらの体内まで、心地よく響く。

　実をいうと、「理春会」は平日の夜なので、予定がかち合って出られないことも少なくない。欠席が続いていよいよ稽古不足が深刻になると、懐の深い謡いの大先輩の岩崎圭一さんに救いを求め、週末の午後、お邪魔に上がって練習させていただく。岩崎家も、南大塚の一隅にある。

　岩崎さんの声に助けられつつ、時間をかけて謡い込んでいくと、言葉の意味だけでなく、イメージとリズムと節とすべての要素について、納得する瞬間がある。こうでなきゃ！　といった必然性、その古典たる所以《ゆえん》が、実感としてグッとくる。例えば『羽衣』、世阿弥《ぜあみ》作の名文であることを頭では分かっていても、「あまの羽衣浦風にたなびきたなびく」を繰り返し謡って初めて、棚引く映像になる……節回しの指示に従って「ウハル」から「中《ちゅう》」へ戻し、そこで浦風が醸し出される……。

　名文を声に出すといえば、二〇〇一年の秋に出版されベストセラーとなった『声に出して読みたい日本語』がある。「生涯の宝物になる日本語」や「朗読の決定版テキスト」のうたい文句にさそわれて、ぼくも一冊手に入れた。目次を覗けば、第六章「芯《しん》が通る・腰肚《こしはら》を据える」の中に、「能」が入っているではないか。さっそくそのページへ。

『高砂《たかさご》』から三行と、『鶴亀』からも三行、全部で六行の引用が載っていて、隣のページには著者の解説文が――「どちらもとことんめでたい状況を歌っている。覚えていると、めでたい席で使えて便利だ」。ぼくはいささか驚いた。

解説の内容ではなく、その表現にだ。『高砂』と『鶴亀』が、めでたい能とされていることは、もちろんその通りだし、とりわけ結婚式で謡われる『高砂』は、落語の題材にもなるくらいの定番だ。しかし「使えて便利だ」という言い方があるだろうか。もしテレビショッピングで、顔に当てると低周波パルスで筋肉を刺激してシワやタルミをとるエステマシンが紹介され、司会者が「とても軽量で、外出先でも使えて便利だ」とコメントをしたならば、違和感なく聞き流せるだろう。でも「生涯の宝物」のはずの古典文学を、そんなふうに片付けるなんて、チラシ広告の域だ。

第一章へ戻り、一冊を通して読んでみると、さらに驚くことに「能」の項目のみならず、解説は終始一貫して同じパターン。「与謝野晶子は、〈官能的肝っ玉姉さん〉である」というのが、『そぞろごと』につけられたコメントで、風俗関係の看板を連想させるよう――。引用されるのは、どれも揺るぎない名文であり、近所の図書館にいけば全文が揃っていていつでも触れられる。だが、著者の解説が「宝物」を乱暴に扱っているとしか思えない。デリカシー抜きで。

どう扱われようと、名文はビクともしないだろう。けれど自分としては、謡いの稽古の中で声に出す名文、それから短歌を学ぶ中で接する名歌に、尊敬の念をもって向き合いたいと思う。

次の大塚行で、どんな「日本語」に出会えるか、楽しみだ。

ガガンボが化けたわけ

近くの図書館の洋書コーナーの棚をこの間ぼんやり眺めていたら、ジャパンの一風変わった側面を和英対訳の記事で紹介する一冊に出くわした。パラパラ見始めると、"KABUKI-CHO"の見出しが目に留まった。

歌舞伎町という土地は"famous for its swarm of businesses which may affect public morals"だと、その本はしょっぱなから打ち出していた。けれどぼくは、こんな英語あり？　と首をかしげた。訳せば「歌舞伎町は、人民の道徳に影響を及ぼすかもしれないような会社が大群をなしていることで、有名だ」といった感じ。

ページをめくってジャパニーズ・バージョンを覗けば「さまざまな風俗産業が密集しているので有名」と、すぐ判明した——日本語が先にあって、翻訳者が「風俗」を風変わりに、というよりもわけが分からなくしてしまったのだ。

しかしこんな回りくどい言い方、いったいどこからきたんだろうと、図書館の参考書のコーナーへ行き、研究社の『新和英大辞典』第四版で"fuzoku-eigyo"を引くと、「風俗営業：businesses which may affect public morals」と、そのまんまではないか！　ヘンチクリンな英語を堂々と掲載する辞典も問題だが、翻訳者もアンチョコしすぎる。でも、ま、出所が分かって一件落着。

ちなみに、小学館の新しい『プログレッシブ和英中辞典』には、英米人にすっと通じる、明快な名訳がちゃんと載っていた――「風俗営業：the sex industry」。

去年の秋、ちょっとした絵辞典にもなっている絵本の和訳をしていたときだ。原本の中に、おもしろい「見落とし」を発見した。

英国人のジェシカ・スパニョールの作品で、もともとイギリスで出たものだが、そのあとアメリカでも出版されて、それに際して見直しが行われた。ストーリーは変わらないが、絵の中に出てくるたくさんの単語には、英国と米国とでは言い方が異なるものがあって、編集者が「翻訳者」を兼ねてそれらをみな置き換えたわけだ。

ところが、一つだけ見落とされた単語があって、そいつがそのまま大西洋をわたり、立派な「誤訳」となった。主人公のカーロが、リビングルームでお父さんもふくめたいろんなものの名を読んでいる場面。そこをよく見ると、窓に虫が一匹とまっている。そしてイギリス版では“daddy-long-legs”と名札がついている。『あしながおじさん』の原題と同じ言葉だが、イギリスでは「ガガンボ」のことをそういう。夏によく見かける、どこか愛嬌《あいきょう》のあるバカでかい蚊にも似た、足の長い昆虫だ。アメリカでは、なんとなく鶴をキューッと小さくしたような感じなので“crane fly”と呼ぶ。なので、アメリカ版を作る際、ガガンボの名札を“daddy-long-legs”から“crane fly”に改めなければならなかった。けれど、編集者は虫の苦手な人だったのか、そのままツルッと通した。

アメリカ英語にも“daddy-long-legs”と呼ばれる足長の虫がいるが、それは「ザトウムシ」という蜘蛛《くも》の仲間。米国の昆虫少年にすれば、どう見てもガガンボの絵の下に“daddy-long-legs”のキャプションがあるというのは、例えばハリネズミを指さして“rabbit”と言い張っているようなもの。もし調べてみる子がいたら、英国の昆虫名が米国のそれと違っているということを、発見するきっかけにはなるかもしれなかったが。

日本語版『カーロ、せかいをよむ』では、絵の中の単語がみなバイリンガルになって、英文をすべてアメリカン・イングリッシュに統一した。そして「ガガンボ」は“crane fly”でばっちりだ。国語辞典で調べると、大きい蚊に似ているので「蚊ケ母」と呼ばれ、それが転じて「ガガンボ」に。なんだかんだ、日本語のネーミングが一番おもしろい。

野球語

一九九六年、ある出版社から頼まれて、日本各地の高校で英語を教えているネイティブの先生たちに、ジャパニーズ・イングリッシュに関するアンケートをとったことがある。「よく耳にする典型的なミステイク」や「笑える和製英語」など、いくつかのカテゴリーに大別して用例を挙げてもらったが、「今まで見聞きした中で最もイヤなエグザンプル（例）は?」という質問も、おまけのようにつけ加えた。

それに対して、はしなくも「ジャイアンツの長嶋サンの発するフェイク・イングリッシュ」と答えてきた先生が多かった。そのナゼには、「ちょっとニガテ」と比較的ソフトなものから、「マヌケだ」と切り捨てるものまで、また「知ってました?　メークドラマをMAKE DRAMAと英語表記にしたうえ、ローマ字として読めばナガシマの正体が現れるって。マケドラマ!」と、かなり手の込んだ回答もあった。ともかくネイティブにしてみれば、ミスターのイングリッシュは箸《はし》にもバットにもかからない代物《しろもの》らしい、といった結果だった。

正直いうとぼく自身は、アンケートをとった時点で、すでに在日期間が六年に及び、長嶋茂雄発の英語まがいの流行語に耳が慣れて、気に障《さわ》らなくなっていた。けれど反対に、監督の日本語にかなり参った経験があり、そっちのほうを問題視していたのだ。いや、問題というほどのことでもなかろうが、こんないきさつがあった。

周知のように、日本のプロ野球選手権が「日本シリーズ」と適切に命名されているのに対して、米国のそれには「ワールドシリーズ」と大げさかつ高慢ちきな名称がついている。それくらいアメリカのファンの多くは他国のベースボールに無関心であり、わが国イコール世界だと思い込んでいる。メジャーリーグでジャパニーズが大活躍し、その試合が連日ジャパンで放送されても、逆の現象は起きない。一部マニアを除けば、米国で日本のプロ野球に注目しているのは、次のICHIROやSASAKIを狙《ねら》うスカウトたちくらいか（連中はもちろん虎視眈々《こしたんたん》と）。

しかし一九九四年は違った。大リーグの選手組合がシーズン途中でストライクならぬストライキを豪快に打ったのだ。最初の一、二週間はマスコミもファンも面白がって、組合とオーナー連盟の交渉の「ハイライト」が毎晩のニュースでからかい半分に紹介された。でも、歩み寄るどころか両者間の溝が日に日に深まり、ストが長引いてとどのつまりワールドシリーズ中止となってしまった。

その結果、ネタに飢えた米国スポーツ誌の記者たちが東京へ飛来して、森監督の西武ライオンズvs.長嶋監督の読売ジャイアンツのシリーズを大々的に取り上げた。当時、くるもの拒まず翻訳と通訳をやっていたぼくのところにも、『スポーツ・イラストレーテッド』から依頼が舞い込んできた。

試合の前日、『スポニチ』『東スポ』『サンスポ』『報知新聞』など、駅の売店で買いそろえて、シリーズ関係の記事をざっと読む（目の毒になるような記事は見る暇《ひま》もなく）。当日の朝刊もあれこれ入手、車内で読みながらホテルオークラへ。ロビーでトム・ベルドゥッチという、中堅のスポーツライターと落ち合い、後楽園に向かうタクシーの中で、新聞記事の「にわかダイジェスト英訳」を聞かせる。ビッグエッグ着、プレスパスを首にかけて入場、報道席でトムがさっきのダイジェストを確認するように、日本の記者たちにいろいろ尋ね、ぼくはひやひやとその通訳。それからダグアウトの前で、選手にコメントを求める通訳、ビールとつまみを買うときの通訳も。

試合が始まれば見ての通りだし、トムのほうがぼくの百倍くらい詳しいので、こっちが解説してもらう側に。

当日は巨人軍の勝ち。ほかの記者たちのあとについて、小走りにドームの舞台裏というか内臓部というか、たぶんロッカールームに隣接する大部屋へ。ミスターの会見がまさに今、始まろうとしている。

最初の質問（ピッチャーチェンジのタイミングについてだったか）を受けて、長嶋監督が話し出す。ぼくは質問の要点を素早くトムに通訳したうえ、答えに耳を傾ける。聞いている最中は、独特の迫力も伝わってきて、なんとなく分かるような気持ちにさせられる。が、さて英語に置き換えようとすると、まるで蜃気楼《しんきろう》が消え失せるように、水がざるからスーッと抜けるように、ほとんど何も残らない。でもトムに何かいわなければと、必死になって話に出てきた単語だけ、どうにかそれっぽくつないで英語のセンテンスに。

二十分ばかりの短い会見だったが、あんなにくたびれた通訳は、いまだかつて経験したことがない。ただ、もう一度だけ、「東京国際映画祭」でイランの映画監督の舞台挨拶のとき、似たような「藁《わら》をもつかむ通訳」をやったことがある。監督はボソボソとペルシア語を話し、それを日本語に置き換える通訳者がいて、ぼくは彼の脇に突っ立ち、その日本語を英語に直す役だった。

通訳の通訳の場合、そうなっても無理もないが、長嶋監督のあのときも、一種の二重通訳といっていいかもしれない。つまり、本人は日本語で考えているのではなくて、野球語、いや、ひょっとして野球そのもので思考し、自分の中でそれを日本語に直そうと努力しながら話している。となると、その発言を英語に直すのは、もう「伝言ゲーム」の域に片足を踏み入れた作業だ。

やがてジャイアンツが優勝を決め、『Sports Illustrated』の「Japan Series」特集号の発行を、ぼくは池袋の片隅でおっかなびっくり待った。自分のごまかしナガシマ通訳が、そのまま〝〟(引用符)に囲まれて活字になってやしないかと。

でも届いてみると、トムのペンによる記事が長文にもかかわらず、ミスターの発言は一つも取り上げられていないのだ。見抜かれていたのか、ぼくの通訳……。それともミスターのほうか。

禁断の果実

記憶にないが、生後四十八日目にぼくは、カトリック教の一信者となるべく洗礼を受けた。受けてはみたものの、教会の空気は最初から肌に合わなかったようだ。そして実をいうと、その肌は親ゆずりなのだ。

土曜日にほんのちょっとでもダダをこねておけば、父は翌朝、ミサの代わりに魚釣りに連れて行ってくれるのだった。それに母は、ぼくと妹が大きくなるにつれて、こう考えるようになった——天に一番お願いしたいのは、ゆっくり朝寝坊できることだから、休日に早起きして教会へ出かけるよりは、寝ているほうが神の手を煩《わずら》わさずに済む。

だからぼくには、日曜学校の経験があまりない。八歳のころに二、三回出席して「創世」のサワリを教わり、すぐにやめた。印象に残っているのは、絵入りの『聖書』（縮約版だったろう）と、長い物差しを振り回すオッカナイ修道女。学んで身につけたものといえば、「禁断の果実はリンゴ」という些事《さじ》くらいだ。絵がそう見えたのか、それとも修道女の先生がそう説いたのか。

高校生になってから、なんとはなしの体質と惰性《だせい》で無宗教だったぼくは、国語（英語）のクラスでギリシア神話を読まされたり、図書館からマルクスの本を借りたりして、「いったい神っているのかな?」と、つらつら考え出した。ヒンドゥー教の『ギーター』やイスラム教の『コーラン』など、縮約されていない『聖書』も借りて片っ端からかじった。

どれもみなお話としては面白かった。神の存在はまるで見いだせず、結局「無神論」というところに落ちついたけれど、それでも「創世」を読み直したとき、目から鱗《うろこ》が落ちた——「リンゴ」とはどこにも書かれていない。「いかにもおいしそうで、目を引きつける」幻の、不特定のクダモノをイブがもぎ取って、アダムとふたりで食ったとあったのだ。

高三のぼくには、同級生のブリトンという〈マドンナ〉がいた。頬《ほお》がふっくらしていて、いっしょに話しているとよく赤面する娘。彼女を思い浮かべて「禁断の果実はきっとモモだ」と、ぼくは勝手に決め込んだのである。

それから二年経って、ニューヨークの大学でぼくは、イタリア人の留学生に首ったけになり、彼女が国へ帰るというので、休学して追っかけて行った。そしてミラノで出くわしたのは「カッキ」、つまり「柿」だった。

昔むかし種が日本からヨーロッパへ渡ったらしいが、イタリアのカキは特大だ。熟《う》れてやわらかくなるまで待ち、形が崩れる直前にスプーンですくって食べる。初恋の味とは違って、どろどろと深く、ときにはくどく、ヨーロッパの爛熟《らんじゅく》を掻《か》き込んでいるような心持ちだった。

日本へ来て二十三歳になり、ぼくの〈果実感〉は一変した。言葉を身につけようと読み始めたのは昔話だったが、失楽園というほどのことではないにしても、幻滅の悲哀を味わった。

ナイーブな自分の憧れのシンボルとして後生大事に抱いてきたモモが、ドンブラコッコドンブラコッコと流れてくるのだ。と思うと今度は、ぼくがしっぽりぬれた恋を託しておいたカキが、サルカニ合戦の武器となる。心のひだが、たちまちその滑稽味《こっけいみ》に染まってしまった。

三年くらい、「禁断の果実なし」状態は続いた。そしておととし、晩春のある日、知り合ったばかりの女性とふたり、埼玉の田舎道を歩いていたら、網に覆われた梨園があった。白い花が咲いていて、ぼくらは身をかがめてその静謐《せいひつ》の中へ入り、落花を拾ったり、去年の蟬《せみ》の抜け殻《がら》を見つけたり、たたずんで見せ合ったりした。無性に手がにぎりたいと思ったけれど、少し怖い感じもして……。

『朝鮮民謡選』（岩波文庫）には、「梨」という歌がある。

なんとしましょぞ
梨むいて出せば
梨は取らいで
手をにぎる。
（金素雲《きんそうん》訳）

ぼくは梨の実がなるまで待ち切れず、満開の下の散策から一週間も経たないうちに、彼女の手をにぎり、キスもしてしまった。それからというもの、ぼくの禁断の果実は日本の梨に決定した。ほどよい甘さと、芯の部分のなんともいえない酸《す》っぱさ、歯ごたえも抜群で、いくら食べても飽きない。

「秋になるとこの辺り、あちこちで梨のもぎ取りができますよ」。今年の節分、穴《あな》沢《ざわ》天神の境内で豆撒《ま》き式を見て、隣に立っていたおばさんから稲城《いなぎ》の四季の風物を教えてもらった。もぎ取りの情報だけは、手帳にメモ。

梨のゆかりの、自分のいい人を連れて行こうと思い、夏のあいだ梨の種類をいろいろ調べた。「稲城」という、早生《わせ》でデッカイ「幻の特産品」があると知り、待ち遠しくなった。

九月一日、日曜日にふたりで出かけることにしたが、前の晩もデートしていて、ぼくがなにか彼女を怒らせるようなことをいったみたいだ。謝ってもなかなか許してもらえず、翌日になっても彼女はプリプリしている。ま、おいしい梨をいっぱいもげば機嫌は直るだろうと、京王線に乗って目をつむり、ぼくは眠ろうとした。

稲城駅で降りると、改札口の側に梨とぶどうのチラシがおいてある。その地図をたよりにぶらぶらと、三沢川まで坂道をくだり、「欄干橋」に立って鯉《こい》と鴨《かも》を眺めた。それから市役所の裏を通って街道を渡り、少し歩くと「多摩梨元祖・清玉園」という看板が見えた。

「ここでアダムとイブを演じるんだぞ」。ぼくははしゃぎ出して、彼女を看板の前に立たせてスナップ。やはりまだ怒っている。

清玉園の受付のおばさんを呼び出し、「もぎ取らせてください」とたのんでみた。すると「今年は例年よりちょっと遅いんですよ。ぶどうなら今日でもできますけど、梨は来週にならないと……」と、断られた。

また街道を渡り、「山梅園」に寄って聞いてみたが、そこでも「まだまだ早い」といわれた。網越しにかいま見る大玉は、みな充分食えそうな雰囲気なのに。

川に沿ってまた駅の方向に行くと、今度は鰻屋《うなぎや》があった。「のれんは出ているし、いなぎでうなぎって悪くないでしょ」と、彼女を引きずるようにして入ったけれど、「ごめんください！」と呼んでも怒鳴っても、梨の礫《つぶて》。

再び外へ出てさらに歩き、もう一カ所、「加良園」を当たったがやはりダメで、しかたなく「二十世紀」と「稲城」が四、五個入った袋を買った。線路の近く、常楽寺の境内で腰を下ろし、ふたりで梨をほおばった。

「自分で取らなくても〈禁断の果実〉って、うまいもんだ。池袋で何をごちそうすれば、あのプリプリは直るだろうか」思いめぐらしながら、芯の酸っぱい汁を、ぼくはいっしんに吸っていた。

III

ままならぬ芝生

ままならぬ芝生

樹上からの眺め

家を売りに出すことに決めたと母が国際電話でいう――。息子がジャパンに根を下ろし、娘二人も西海岸に住み着き、一人暮らしのグランドマザーにとってオハイオの家は広すぎる。よさそうな分譲マンションも見つかったとか。

ここ十数年ほとんど顧みなかった母国の自宅だったが、売り払われるとなると急に、湿った地下室から埃《ほこり》っぽい屋根裏まで、間取りが鮮やかによみがえる。サンルームの床のタイルのひび割れをなぞったり、リビングの天井のしっくいの渦巻き模様にズームインしたり……忘れかけていたディテールが、みな懐かしいチャームポイントに思えてくる。記憶の中の家を巡り、最後に裏庭の、楓《かえで》の老木にたどり着く。地上五メートル辺りで、大きな枝が幹から伸びて、座るのにちょうどいい股《また》をもつ。そこが、ぼくの好きな場所。

自分専用のその「腰掛け」へ登り、風に揺れる青葉を透かして家を眺めると、外壁の赤レンガがそのコントラストで映え、なんだか住んでみたい気持ちがわく。無論、現に住んでいるのだが。また、樹上で静かにしていると、地上を歩く人にめったに悟《さと》られることはなく、枝葉の隠れ蓑《みの》に包まれて、ときには自分が大きめのリス、ニシキヘビ、あるいはナマケモノに化けた空想に耽《ふけ》ったものだ。そんなときは赤レンガを、迫りくる開発の波に見たてたりして。

むかし開発の波にさほどはさらされていなかったミシガンの北部へ、父といっしょによく釣りに出かけた。小学生のぼくは、釣りよりも川岸での木登りに興じることが少なくなかった。一度、樫《かし》の木の幹の途中に、拳《こぶし》くらいの穴があいているのを発見、猿にでも化けたつもりでよじ登った。やっと穴のすぐ下までできて、首をヌッと伸ばし覗《のぞ》き込むと、薄暗がりの中でこっちを見返す大きな黒目！　キャーッと声を出す間もなく、相手がいきなり突進、ぼくの鼻の先をかすめ、パッと体を広げて飛んだ——立派なモモンガ！

思いっきり体を後ろへ反らしたぼくは、青空とモモンガの飛翔《ひしよう》を見上げつつ墜落。幸い、怪我といえるほどの怪我はなかったが、すっかり人間に戻り、暫《しばら》くは地面を離れなかった。

ままならぬ芝生

小さいころ、デトロイトに住んでいて、自分の家も周りの家もみな前庭が芝生だった。そしてそこが、毎日の遊び場だった。

ぼくのどのズボンも、よそ行き以外は膝《ひざ》に芝生の染みがついていて、短パンをはいた日は皮膚まですっかり「芝染め」になった。今でも芝生の匂《にお》いに出くわすと、タックルし合った在りし日がよみがえる。

と同時に、芝刈の記憶も呼び起こされる。ぼくが十二歳のとき、父が飛行機事故で死に、その日を境に芝刈が長男のぼくの仕事になった。夏ならだいたい十日にいっぺんは刈る必要がある。小型エンジンの紐《ひも》を引っ張って始動させ、騒音と排気ガスに包まれながら芝刈機を押して、庭の端から端まで行ったり来たりした。

裏庭は、半分が父の趣味の家庭菜園になっていて、その担当は母が引き継いだ。刈っても刈ってもまた伸びるだけの芝生を、いっそのこと全部耕して畑にしたらどうかと、ぼくはあるとき提案した。そこで初めて、どの家も前庭が芝生でなければならないという地域の規定を知ったのだ。芝刈が、よけい理不尽に感じられた。

中学二年の春、隣の老夫婦から「うちの芝生も刈ってくれないか」と頼まれた。ペイは一回につき八ドル。二、三回やると、今度は向かいの夫婦からも声がかかった。伸びなきゃいいのになと思っていた芝生が、伸びれば伸びるほど小遣いが稼げる「味方」に変わった。ただし自分の家の芝を刈っても財布は膨《ふく》らまず、「紺屋《こうや》の白袴《しろばかま》」ではないが、芝刈少年の家の庭はボウボウということもしばしばだった。

芝刈機の、あの行ったり来たりの退屈さったらない。「バイト先」ではマジメに刈ったが、うちの庭では渦巻き刈りに挑んだり、一筆書きの要領で自分のサインを書いてみたり、また、母親が二階の窓から気づきやしないかと冷や冷やしながらSHITといった悪態言葉も書いては消していた。今になって、南米のあのナスカの地上絵を模写したらよかったと惜しく思える。

ぼくが大学生になり家を出てから、母は近所に住む中学生に芝刈を頼んだ。「ちょっと伸びたかなと思うと、すぐ刈りに来てしまうの」。母は苦笑していたが、ぼくには彼の心境がよく分かった。

夜空の乳色

子どものころ、なにかにつけ両親に叱《しか》られたが、体罰といえるほどのことはなかった。記憶では一度だけ、母に顔をひっぱたかれた場面があったけれど、それもどうやら勘違いだったらしい。母にいわせれば、口をちょっと押さえたにすぎないのだ。ことの発端はミルクだった。

浸すべきクッキーがどっさり添えてあれば、ぼくは嫌な顔をせずに牛乳が飲める。しかし、菓子なしのストレートでゴクゴクというのは、昔からあまり得意ではない。ところがアメリカでは、「ミルクを飲む子は育つ」と広く信じられており、週に二回くらいは飲まされたものだ。

ある日、徹底抗戦を決め込み、グラスに口もつけず「ノー！」を連発した。

「それなら夜までじっとそこに座っていな」と母は、皿を洗いながら、横目でこっちを牽制《けんせい》。やがて牛乳との睨《にら》めっこに飽きたぼくは、飲むふりをして口に含み、グラスに戻そうとし、でも魔が差して思いっきり噴水さながらテーブルの上へ吹き出した。母が飛んできてぼくの口をひっぱたくように両手で押さえ、シャツもズボンも濡《ぬ》れたぼくは、床掃除をするハメになった。

　イマイチ好かない牛乳が、ぼくの世界観、いや宇宙観に少なからず影響を及ぼした気がする。というのは、英語で「銀河」のことをMilky Wayと呼ぶので、夜空を見上げて美しい光の帯を確認するたびに、ミルクが頭に浮かぶ。視覚的にひきつけられると同時に、どことなく美味《おい》しくないイメージもずっとつきまとった。

　だが、初めての海外旅行でロンドンを訪れたぼくは、ナショナルギャラリーへふらっと入って、それまでの宇宙観を変えられた。ティントレット作の『天の川の起源』を目にしたのだ――雲の上で女神のユノが裸で横たわり、その豊満な胸に赤ん坊のヘラクレスが吸いついている。並外れた吸引力と生産能力があいまって、母乳がほとばしり出ている絵だ。それが星を作りMilky Wayになった。なるほど牛の乳ではなかったのだ。

　ユノの母乳は、天上のみならず大地へも降り注ぎ、神話によればそれがユリの花となった。夜空に温《ぬく》もりを吹き込み、植物には星の輝きを添える神話。たとえ好まない牛乳でも、無意味に飛ばすものじゃないと、諭してくれているよう。

人の鑑ワシントンと、ぼくの鏡文字

幼いジョージ・ワシントンは好奇心が旺盛《おうせい》で、絶えず新しいことにチャレンジしていたらしい。あるとき、父親にねだって斧《おの》の使い方を教えてもらったが、その後、なかなか斧を振るチャンスがなかったそうな。早く腕を磨きたくてムズムズ。とうとうシビレを切らして父所有の果樹園へこっそり入り、木を一本切り倒した。その木が、よりによって父親が念入りに育てた桜だったとか。

作男から、大切な木が何者かによって切られたと聞き、ワシントンの父親は現場検証。どうやら斧の使い方が下手なやつのシワザと分かり……そういえば、朝から息子ジョージが妙に静かだったが……と、念のため息子を呼びつけた――「ジョージ、だれがやったか知らないか?」。幼いワシントンはしゃんと立って、視線をそらしもせず、「父上、わたしはウソをつくことができません。父上の大切な桜を切り倒したのは、このわたしです」と答えたという。

誠実で正直な「人の鑑《かがみ》、アメリカの父」たるワシントン。その大往生の翌年に書かれた伝記には、上記のエピソードが載り、米国はもちろん、全世界に広まったようだ（が、ワシントンの伝記を書いたメーソン・ウイームズによってでっちあげられた話だということが、のちに分かった）。

ところで、幼少のぼくときたら、伝説中のワシントンとは大違い。わが家の隣には小さな林があって、ポプラや樫や水木《みずき》にまじって、桜が一、二本立っていた。小学二年のぼくにとって、そこは毎日の遊び場だった。けれど春のある日、いきなりブルドーザーとダンプカーと筋肉もりもりの大男たちがやってきて、林はあっという間になぎ倒され、家の建設が開始。コンクリートの土台ができ、わが家に面したところに壁もできた。それから防水のため、その外面にタールが塗られた。

週末だったろうか、大男たちがこなかった日、たまたま母が用事で出かけ、ぼくは留守番をしていた。留守番をほっぽらかして、近所の友だちと二人で隣の工事現場へこっそり入り、拾った釘《くぎ》と木片で壁のタールに知る限りの「悪い言葉」を刻み込んだ――「シット」とか「ファック」の類《たぐ》いだ。

しばらくして、母親帰宅。庭に出た母がいたずら書きに気づき、ぼくを呼びつけた――「あなたがやったのね」「ちがう！　ぼくじゃない、そんなの……知らないよ」。必死でシラを切ったが、母は確証をつかんでいたのだ。「オマエのシワザに決まってる。二週間テレビ禁止、お小遣いもなしッ」。母親がつかんでいた「確証」とは〝鏡文字〟だった。

幼いぼくは、アルファベットの読み方をのみこむのは比較的早かったが、書くとなったらなぜか字をみな左右逆にし、注意してもキキメがなかったらしい。キンダーガーデンで書いた絵日記など、先生は鏡に映して読んだという語り草まである。しかし、小学校に上がっていつの間にか、自然に直った。直ったとはいえ、ときどきあわてて書いたりすると、そのクセがひょいと顔を出す。fuckの"k"、shitの"h"、タールのいたずら書きの中にも鏡文字がちらほら見え、ぼくはサインしていたも同然だったというわけだ。

英語には「歴史は繰り返す」という諺《ことわざ》がある。

二十二歳のとき、ぼくは日本語に興味を持って、ニューヨークの本屋で「ひらがなとカタカナのワークブック」を入手、独学し出した。そしてその本に書いてなかったのか、無視したのか、左利きだったからなのか、ともかくほとんどの字の書き順を間違えて覚えた。程なく来日して、日本語学校へ入り、イヤというほど書き順を直されたものだ。今でも、「せ」と「サ」を混同することがある。

春になると毎年のように、日本のテレビでワシントンDCの桜を見かけるが、いつもそこで「ジョージと桜の木」の作り話を思い、その延長線で自分の鏡文字が思い出される。日本語では絶対にいたずら書きをしないぞと、思うのである。

ロバの耳に

巣

母方の祖母はバードウォッチングが趣味で、近所の散歩へも、小型の双眼鏡をよく首から下げていった。居間の窓辺には、ずっしりと重い双眼鏡と「北米の野鳥」の図鑑が常に置かれ、庭にはルリツグミやミドリツバメ、ムシクイなどがよく飛来した。ぼくがいくらか鳥の名前を覚えているのは、子どものころ、祖母の双眼鏡を覗かせてもらったからだろう。

ある年の早春、祖母の家の外壁に nesting shelf という小さな棚が取りつけられ、申し合わせたみたいにコマツグミのつがいがその上に巣をこしらえた。三個の卵が、次に遊びに行ったときはもう三羽の雛《ひな》に。それからひと月、またお邪魔に上がると祖母が段ボール箱を手渡してくれた。中には草と土の丸い巣。雛が飛び立って空き家となり、コマツグミは毎年新しい巣を作る習性なので、おろしたという。内側に羽毛が敷かれたあの巣は、ぼくの部屋に何年も、ボロボロになるまであった。

来日してからのぼくのバードウォッチングは、ハシブトガラスが対象になることが多い。カラス王国たる東京に住んでいるので、自然の成り行きといえるが、しかし観察すればするほど、まったくもって面白い相手だ。まず、カラスの場合は一方的なウォッチングではなく、向こうもこっちを眼光鋭く観察する。そんな睨《にら》み合いの緊張感が妙味のひとつ。また、「濡れ羽色」というけれど、濡れていなくてもカラスの羽は紫紺《しこん》、鉄紺《てっこん》、茄子紺《なすこん》と変化に富む。鳴き声はカーカーと相場が決まっているが、実際は多種多様な音を発し、記録すれば分厚い「烏《からす》語辞典」ができそうなくらいだ。

ハシブトガラスは東南アジア、インド、アフガニスタンにも棲息《せいそく》。その英語名がワイルドなjungle crow。彼らを嫌う東京人は少なくないが、そうした感情のどこかにヤッカミも交じっている気がする。人間の、人間による、人間のためのコンクリートジャングルで、人間よりも力強く、楽しそうに暮らしているのだ。

近所の街路樹に、カラスが青と白とピンクのハンガーを組み合わせて頑丈な巣を作った。今や空き家状態のそれを、もし祖母が生きていたら、国際郵便で送ってあげたかった。税関のための「内容記載」の欄に「芸術作品」と書いても、嘘ではない。

娘の牛乳、祖母のチキン

ある朝、牛の乳搾《ちちしぼ》りを終えた娘は、いっぱいになった桶《おけ》を頭の上にのせて、家へと向かった。ゆっくり歩きながら、「この牛乳は脂肪分がたっぷりで、バターがかなり取れそう。市場でバターを売って、そのお金で卵をたくさん買ってこよう。うまく孵《かえ》せば、庭は一気に賑《にぎ》やかになる。五月祭のころにはみんな大きくなって、また市場へ持って行って売れば、素敵なドレスが買える。そのドレスを着てお祭りに出かけると、村中の男の子たちが寄ってきて、お嬢さん、いっしょに踊らない？ってきっというの。でもすぐには頷《うなず》かないで、ちょっとからかってプイッ」——夢想にふけっていた娘は本当に顔を背ける所作をして、その拍子に頭上の桶が傾きジャーッ。中身が全部こぼれてしまう。純白の牛乳を地面はたちまち吸い込み、卵も鶏も新品のドレスも、消えたとさ。

イソップの『娘と牛乳桶』は以上の通りだが、話そのものよりも最後を締めくくる教訓のほうが、欧米ではよく知られている。"Don't count your chickens before they're hatched."（まだ孵らぬ雛を勘定するな）。日本語でいう「捕らぬ狸《たぬき》」だ。

その言葉を思い出すと、ぼくの耳の奥に決まって、父方の祖母の声が流れる。諺を会話の味付けに、ふんだんに使う祖母は、とりわけ「孵らぬ雛」を実感を込めて口にする。戦前の大恐慌で、自分の父親が全財産をジャーッとこぼしてしまったことも、家の裏庭でずっと鶏を飼っていた経験も、その背景にあるのだろう。

祖母が復活祭や独立記念日に作るローストチキンは、親類一同を唸《うな》らせる逸品。こんがりと焼き上がった丸々した一羽が、あっという間に鶏殻《とりがら》と化す。そしてスープへと生まれ変わるのだが、その前に特別の骨が必ず取り出され、一つの儀式が行われるのだ。

英語でwishboneという二また状の「叉骨《さこつ》」。それをオーブンの余熱で乾燥させてから、選ばれた二人がそれぞれ願い事を決めた上、向かい合って骨の先端をつまみ、同時に引っ張る。ポキッと折れて、付け根のついた長いほうを得た者のみ、願いが叶《かな》うとされる。

「やった！　新しい自転車を買ってもらえる！」なんて騒いでいると、「孵らぬ雛を」と祖母がまた……。

ロバの耳に

祖父は一九三〇年代初め、コロラド州の山奥の小さな町で、郵便配達をやっていた。冬が厳しく、朝は特につらかった。エンジンがかからないので、車の下へ入り、ブリキのバケツにオイルを全部出して、局の中のストーブで温める。煮え立つ手前で、また外へ運んでエンジンに注ぎ、やっとそれでスタートできる。

祖父のそんな四苦八苦を、毎朝のようにロバたちが見物に来たというのだ。十九世紀のゴールドラッシュのあと、あちこちの鉱山で置き去りにされたロバたちが野生化し、群れをなして町と山を行き来して暮らしていた。祖父いわく、「大きな耳を震わせて、遠巻きにじっとこっちを見ている。機械なんかに頼って愚かだなってね。あの人を食った表情は今でも忘れられない」。

ロバの表情が一つの〈伏線〉になっている民話が、ギリシア系アメリカ人の間で語り継がれてきた。ぼくの中では、主人公の「ティトスじいさん」が祖父とぴったり重なり、他人とは思えない。

ある日、ティトスじいさんが飼いロバの首に紐を結び、引き連れて市場へ出かけた。彼を見かけたイタズラ坊主たちは、小遣い稼ぎを思いつく。後ろからこっそりロバに近づき、音もなく首の紐を解く。紐は仲間の一人の首にそっと結ばれ、ロバはほかの連中といっしょに、別の道から市場へ。売ってその儲《もう》けを山分けする魂胆だ。

しばらくして、じいさんは振り返り驚く。「わしのロバはどうした?!」

「ぼくがロバです」と少年。「人間に生まれたけど、悪さばかりしていたので、両親に呪《のろ》いをかけられて、ロバに変身させられた。そのあと、おじいさんが買ってくれたけど、さっき偶然、両親とすれ違い、ぼくをあわれんで呪いを解いてくれたのです」

ティトスじいさんは笑みを浮かべ、「そうか、ちっとも知らなかった。いわれてみれば、きみにはロバの面影がある。これからはいい子にするんだぞ」と、紐を解いてやった。少年はお礼をいって走り去った。

そのまま市場へ行ったティトスじいさんは、おったまげた。自分のロバがそこで売られているではないか！　近寄って、ロバの耳に口を近づけ、じいさんはささやいた。「おまえ、また悪さしたんだな」

消火栓をめぐって

パッキングも大切

わが家は日本語の新聞を一紙とっているが、英語のほうは週に一、二回、近所の図書館でまとめて拾い読みする程度だ。しかし、それも日本で発行されている英字新聞なので、ぼくは母国のニュースペーパーをめったに手にすることがない。

ただ、母親と妹たち、ほかの親戚や友人から届く小包の中に、ときどきパッキングとして新聞が入ってくる。となると、そのしわを伸ばして、しばし読み耽る。ジャパニーズのみで知った数ヵ月前の出来事に、アメリカ的視点が今さらながら加味され、またホトボリがすでにさめたであろうローカルなスキャンダルに、遅まきながら立腹もする。

こちらから何か送るときも、わが家の新聞がしばしばパッキングとなるけれど、日本語の読めない相手がほとんどなので、なるべく写真の多い紙面を選ぶ。

母方の祖父は無精で、小包はもちろん手紙も稀《まれ》にしか出さない人だったが、ぼくが来日して五、六年目の春にひょいと、聖パトリックの日のカードを送ってきたことがあった。図案化されたグリーンのクローバーの下に、「オマエもアイルランドの血が流れていることを忘れてはいかんぞ」との添え書き。

伝説によると五世紀ごろ、アイルランドで布教に精を出していたパトリックは、「三位《さんみ》一体《いったい》」の教義を説くためにクローバーの葉を、いわば視覚教材として使ったという。さらにアイルランドの蛇を海へと追いやった際も、パトリックはクローバーを「目に入らぬか」とばかり、手に持っていたらしい。四つ葉のクローバーは一見、教義に反するように見えるが、実はこれもマルタ風の十字架に形がそっくりなので、やはりめでたし。しかも、珍しいのでよけい縁起がいい。

祖父のカードを眺めながら、ぼくは自分の持ち合わせている僅《わず》かなアイリッシュ知識のおさらいをして、それからふと、クローバーの和名は何だろうかと、英和辞典を引いた。「シロツメクサ」とあったので、国語辞典を引いて調べてみると、「白詰草」、名の由来については「江戸時代に渡来したギヤマン（ガラス製品）を入れた箱の詰め物に使われたことによる」。受け取った幕府は、パッキングも丁寧に取り出し、その種を集め、栽培して白詰草が日本中に広まったとか。

長いスパンで考えれば、中の荷よりも詰め物のほうが貴重な場合がある。ひょっとして日本で最初に発見された四つ葉のクローバーも、ギヤマンの間から拾われたのかも。

一枚透かし、五十二枚拾い

トランプをやっていると、誰でも一瞬は、透視術が欲しくなる。相手の手札に何が潜んでいるか、山に何が残っているか、覗けたら……。そんな思いが、ぼくの場合にはとりわけ強かったのか、「トランプって薄いのになぜ透けて見えないんだろう?」と、具体的な疑問へと発展した。小学三年生のころで、実験もしてみた。

机の蛍光灯にトランプを一枚ずつ当てたが、数字もマークも透けて見えず、地下室で脚立《きゃたつ》にのって裸電球で、紙が焦げそうになるまで照らしてみた。けれど、それでも透視できない。地下室には父親の日曜大工の道具が並び、そこでハッと思いついた。このスペードのエースの裏を、紙やすりで少し薄くしたらどうか。最初はそっと擦《こす》り、だんだんと力が入り、結局は穴があくまでやって、謎が解けた。トランプは、二枚の紙が黒い糊《のり》で貼《は》り合わせてあるのだ！

「トランプが台なしじゃないの！」怪しげなゴソゴソゴリゴリの音に気づいた母親が怒った。でも黒い糊の話をすると、母も興味を持ち、今度はクラブのキングもサンドペーパーの刑に処せられた。ハートとダイヤモンドは、赤い糊で貼り合わせてあるのかと、更なる疑問がわいて、ハートのエースも犠牲に。同じ黒い糊だった。

「3《スリー》カードモンテ」「7《セブン》カードスタッド」「21《トウエンティーワン》」と遊びの名前に数字が入っているカードゲームは枚挙にいとまがない。しかしアメリカの子どもが一番最初に、だいたい上の兄弟か友だちから教わるナンバー系の遊びは「フィフティートゥー・ピックアップ」だ。ぼくは二歳上のいとこに教わった。彼がぼくの部屋にやってきて、「トランプやらない？」と誘ってくれたので、「いいよ」と返事したら、「フィフティートゥー・ピックアップをしよう」ときた。「やり方を教えて」とこっちがいうや否や、彼は手に持っていたトランプを部屋中に派手にばらまいて「これでフィフティートゥー！　あとピックアップするがいい！」とゲラゲラ笑いながら去って行った。

約一年後、ぼくは同じ「五十二枚拾い」を妹の部屋でやらかした。ただ、地下室実験のトランプの一組を使ったとすれば、本当は「フォーティーナイン・ピックアップ！」といわなきゃいけなかったのか。

消火栓をめぐって

チョコレート色のふさふさのプードル犬「アビー」は、正式には下の妹の犬だった。「必ずぜんぶ百パーセント自分で面倒を見るから」と、小学生の妹が母親に誓った上で飼うことを許された。よくあるパターンだ。

アビーは家族みなにかわいがられ、朝の散歩は寝坊の妹ではなく、最初に起きた人が連れて行くことになった。高校生のぼくがその役割をしたのは、週に二回か三回か。

東西南北どの散歩コースを選んでも、不文律が一つあった——「角の消火栓に立ち寄るべし」。米国の消火栓はずんぐり型で、てっぺんが鉄兜《てつかぶと》に似て、ホースをつなぐ接続口が横っ腹についている。色は自治体によって異なり、オハイオ州トレド市では胴体が黄色に、兜と接続口の蓋《ふた》は黒だった。アビーはそんな消火栓の表面を、入念に一ミリ単位で嗅《か》いで回り、おしっこをして新たなメッセージを残す。消火栓は犬同士の嗅覚《きゆうかく》通信基地になっていた。

「いつまでくんくんやってるんだ?」と、アビーの徹底ぶりをいつもじれったく見ていたが、高校生最後の夏休みに、こっちも負けないくらい徹底的に消火栓にかかわることになった。というのは、町の消火栓のペンキ塗り直しというアルバイトのオファーが飛び込んできたのだ。一本につき五ドルと(一見は)ペイがよく、二つ返事で請け負った。

炎天下、まず針金ブラシでまんべんなく、古いペンキと錆《さび》と汚れを落とす。それからペンキを塗る。しかし黄色から塗り始めても、黒から開始しても、どっちみちどこかが垂れて修正を要する。しゃがんで、むんむん揮発《きはつ》するペンキにラリってしまいそうになりながら、犬たちのことが頭に浮かんだものだった。この地域の匂いの歴史をこれで抹消しているのか。かすかな後ろめたさも加わり、よけいペースが落ちる。一日目で塗装できたのはたったの七本。三十数本を仕上げるのに一週間かかった。

その後、朝の散歩に出かけると、アビーが鼻で消火栓の読み取りをしている間中、ぼくはペンキの剝《は》がれ具合と、錆の進み具合を確認して、頼まれもしないのに塗り直しのイメージトレーニングもやった。気がつけば、アビーはすっかり用足しを終え、こっちを待っていることもあった。

出世ミミズ

転覆親父

父の週末の楽しみの一つは、カヌーでの川下りだった。「好きこそ物の上手なれ」というが、父の場合はむしろ、夢中になるからこそ下手だったのだ。

およそ半日かかって下って行けるコース。後ろの「運転席」に父は座り、前には小学生のぼく。出港して、最初はまずまずだが、スムーズに進むうちに、例えば鹿が岸辺に現れたり、前方で翡翠《かわせみ》が魚を捕ったり、中洲《なかす》に熊らしき足跡が見えたりしようものなら、父は一目見ようと興奮して漕《こ》ぎ、身を乗り出し、または音を立てないよう櫂《かい》を止めたり。そうこうしていると、突き出た岩に船首がぶつかり、カヌーは傾いて転覆。父の「転覆率」は四十～五十パーセントだったはず。

しかしミシガンの北部には、昔から伝わるリバーボートと呼ばれる、知る釣り人ぞ知る舟があり、それは父に誂《あつら》え向きの設計だった。木製で、幅はカヌーとさほど違わないが、長さが七メートルもあり、舟底は平らで非常に重い。大男が立って揺すっても、まず引っ繰り返ることはない。その存在を知るや、父はボーナスをはたき、船大工に注文した。

櫂は使わず、長い竿《さお》をさして操る。もう一つの特徴は、前のほうの椅子《いす》の下が箱型の生け簀《いす》になっていることだ。そこだけ舟底に小さい穴があいていて、中に自然と水が溜《た》まり、捕れた魚をその箱の前方と後方の、ソフトボール大の穴から入れて泳がしておく。釣りを終えて最後に留め具を外せば、蓋が横へ大きく椅子ごと開いて、釣果《ちょうか》が取り出せる仕組みだ。

ぼくの十歳の誕生日に、まだピカピカだったリバーボートで父は釣りに連れて行ってくれた。早朝から川を下り始めたが、父はさっそく倒木に毛鉤《けばり》を引っかけ、それを取ろうとして舟を寄せたときに、船首が別の倒木に当たった。かと思ったら、座ったままぼくは宙に浮き、手足をばたつかせる間もなく頭からドッボーン。流されながら振り返り、何が起きたかそこで初めて分かった。だれかが留め具を留めるのを忘れたので、生け簀の蓋が開いてしまったのだ。父はぼくを助けようと船尾からダイブしたけれど、こっちはすぐ浅瀬に辿《たど》り着き、逆に「早く舟を止めて！　竿も！　帽子も！」と父に指図した。

絶対転覆しないという保証を信じてボート購入を許可した母だったが、濡れて帰った二人を前に苦笑するほかなかった。

出世ミミズ

アメリカを車で回っていると、ときどき道端にCRAWLERS《クローラーズ》という看板を見かけることがある。だいたい手書きで、ガソリンスタンドか雑貨屋の前に立てられ、川と湖が多い地方ほど、出合う確率が高い。

crawl＝「這《は》う」。うつ伏せに這って行くように泳ぐのも、同じ「クロール」だ。接尾語のerをつけると、単純に「這うもの」となるが、北米の田舎《いなか》でcrawlerといえば、九分九厘「ミミズ」のことを指す。中でも、長くて立派な個体をそう呼ぶ。

日本語の出世魚の代表選手たるボラは、まずハクから出発して、スバシリへと走り、続いてオボコ、イナ、ボラ、そしてとどのつまり、トドになる。アメリカのミミズの名前は、そこまで細やかなものではないし、襲名する境界線も今ひとつはっきりしない。が、間違いなく出世している。ひょろひょろした小さいミミズは、普通にearthwormと呼ばれるが、逞《たくま》しく大きく育てばcrawlerに昇格できる。

ミシガンの友人に「どのぐらい大きくなればクローラーか?」と聞いてみたら、「三インチってとこかな」と返ってきた。約八センチ程度だが、ぼくの感覚からいえば、十センチくらいか。

ガソリンスタンドでミミズを求めて行くのは、もちろん釣り人だ。高い買い物ではないが、子どものころは、限られた小遣いを餌《えさ》に費やすなんて思いもしなかった。明日ブルーギル釣りとなれば、必ず前夜、ミミズ狩りに励んだものだ。

crawlerというのは、夜更けに穴を出て地面を這い回り、のびのびと夜露にあたる。それが特色なのでnight crawlerともいう。目も耳もないというのに、光と震動には恐ろしく敏感で、驚く速さで土中へ逃げ込む。そこでクローラー・ハンターは、まず靴を脱いで裸足《はだし》の忍び足で、原っぱの暗闇《くらやみ》に踏み入る。片手に消したままの懐中電灯を握る。ミミズがいそうな気配を感じたら、息を殺して前かがみに構え、パッと明かりを点《つ》けるのと同時に、もう一方の手でヌメッと光ったものを摑《つか》む。少しでも狙《ねら》いが外れると、相手はもう穴の中。勘が冴《さ》えていた夜でも、捕獲率が五割を超えることはなかった。

そして、明くる日の魚たちと同じで、やはり逃がしたやつは大きかった。

助数詞は続くよ

アメリカの田舎の、見晴らしのいい断崖《だんがい》スポットには"Lover's Leap"という名が付いていることが多い。訳せば「恋人の飛び降り」。その名の起源説は、土地によってまちまちだが、ともかく昔むかし、ここから悲恋の二人が身を投げたと、そんな俗伝が案内板に書いてあったりする。

ミズーリ州のハンニバルの町外れにある"Lover's Leap"からは、ミシシッピ川の雄大な眺望が楽しめる。人が落ちたり飛び降りたりしないように、今は鉄柵《てっさく》が巡らしてあり、妻と二人、そこで大河を眺め、上空を旋回するヒメコンドルに見とれていたときだった。ワゴン車が一台、大家族を乗せてやってきた。

五歳くらいの三男は、芝生でバッタを追いかけ始め、一番上の兄の支援を大声で求める。母親は子どもたち全員の写真を撮ろうとし、小学二、三年生の次女はぼくらの隣に立ち、ミシシッピを見下ろした。そこへ上流から川に沿って、貨物列車がゆっくり現れると、車輛を黙って数え始めた。

数えていたのはぼくも同じだ。五十、六十、七十両と長い長い貨物が通り過ぎて行く。結局、数分かかって八十八輛編成と分かった。と、そう思ったら、女の子が振り返って父親に報告したのだ。"Dad! 85!"

八十五輛?! ぼくは自分の勘定が急に怪しくなり、それと同時に、自分が意識もせずに日本語で数えていたことに気づいた。母国の列車なら母国語でよさそうなのに……でも数えるとき、日本語を使ったほうが面白いことがある。英語では常に、単数か複数かはっきりさせなければならず、勘定となればほとんど数詞だけで用を足す。それに引き替え日本語はなんという豊かな助数詞!

「一本」の列車が「八十八(八十五?)輛」からなり、「一羽」のヒメコンドルがその上を飛び、人間は「十人」ほど、かつて投身心中が「一件」起きた場所から一望している。三男が捕獲できたのは"2 grasshoppers"だったが、ぼくには「バッタ二匹」と言ったほうが、対象の特徴をかみしめられる感じがする。

イナゴの佃煮《つくだに》を数えるとなったら、逆に「匹」を使うとリアルすぎて、むしろ英語の数詞だけのほうがいいのか。「一つ、二つ」という手もあるが。

開け落下傘

魔法瓶《まほうびん》の発明者、ジェームズ・デュワー博士は、長年の人間学の研究の結果を次のようにまとめた。「人の心は落下傘と同じだ。開いた状態でなければ、まったく機能を果たさない」。高校の歴史の先生は授業中、なにか偏見に満ちた排他的な場面が出てくるたびに、このデュワーの名言を引用した。なので印象には残っていたが、実感したのは大学に入ってからだった。スカイダイビングを試すことになったからだ。

大学では、必須科目の中に「体育」も入っていた。だがぼくは、体育の単位に見向きもしなかった。卒業したかったら嫌だろうがなんだろうがスポーツをするしかない、と悟り始めていたところへ、先輩から耳寄り情報――パラシュートで二単位が取れる！　知る人ぞ知る単位取得の近道！　「降下証書」を発行してくれるスカイダイビング業者の連絡先を教えてもらい、さっそく半日コースを申し込んだ。

日曜日の朝、家畜小屋兼格納庫の前で、髭《ひげ》もじゃのウォルトさんが、ぼくらちゃっかり三人組の大学生を待っていた。トウモロコシ畑に建てられた台を使って、飛行機からのジャンプ、着地の仕方、主傘と予備傘の綱の引き方を練習。くじ引きでぼくが一番に飛ぶことになった。パラシュートがもし開かなかったらと、このあたりから本気で心配し出した。ウォルトさんは「大丈夫だ、予備傘もあるし」と笑い、でも離陸前に、免責条項付きの書類にこっちのサインを求めた。

シナリオどおりフワッと見事に開いてくれた。飛んでいるというよりも、宙づりの感じだ。パラシュートの衣擦《きぬず》れ以外はほとんど音がなく、見渡す限りの牧草地と畑のパッチワークにうっとり。手足をバタバタさせて『サウンド・オブ・ミュージック』を唄ってみたりした。下界ではホルスタインの群れが、静かに草をはんでいる。

と思う間もなく、その牛たちがどんどん迫ってくる。彼らの囲いの中に降りるしかない。「エクスキューーズ・ミー！」と大声で挨拶《あいさつ》すると、悠々と場をゆずってくれた。

着地成功。ただその際、左足で思い切り、落としたてのこんもりした糞《ふん》を踏んだ。靴の中にまで余熱が伝わり、でもそれもまた、心温まる歓迎と思えた。

ミルザの話

折り紙に触れ

青森放送のラジオ番組がきっかけとなって、ブローナさんというアイルランド人と知り合った。当時二十四歳の彼女は、来日してまだ一年足らずだったが、さまざまなボランティア活動に参加し、コソボ難民支援のためのイベントまで開催して、成功させていた。青森市の高校で英語教師を勤めながら。

日本の印象、津軽弁の印象など聞いてから、ぼくはブローナさんにふと尋ねてみた――来日する前はジャパンをどうイメージしていたのか？　すると彼女は、折り紙の話をしてくれた。

一九九四年の夏、ブローナさんは大学の休みを利用して、二カ月ほどクロアチアに滞在した。クロアチアでの戦争は小康状態だったとはいえ、何万人もの人が家を失い、キャンプで不自由な生活を強《し》いられていた。そういったいくつかの難民キャンプでボランティアとして、子どもたちに英語や工作、数学などを教えたのだ。

けれど、教えるばかりではなく、ひょんなことで、思わぬ猛勉強もしなければならなくなったという。「ガシンシ」という大規模な難民キャンプへ、自分が派遣される前の二週間は、たまたま日本からのボランティア・グループが教えにきていたらしい。工作の時間で、その彼らが日本のオリガミをやってみたら大いに受け、子どもたちがみんな夢中になった。「鶴」や「鯉《こい》」や「舟」、「バラ」、「ブーツ」もどんどん折っているところへ、今度はブローナさんが新しい先生として入ったわけだ。

そして、オリガミができなければ先生はとてもつとまらないということを、初日で思い知ることになる。それまではオリガミをやったことのないブローナさんだったが、運よく日本のボランティアたちが手引書と千代紙をおいていってくれたので、図案を見ながら徹夜で特訓。付け焼き刃でも、どうにか教えられるところまで腕を上げた。

「クロアチアのあの難民キャンプでオリガミの本とにらめっこして、それから四年後にまさか自分が、日本で暮らすことになるなんて、想像もしなかったわね……」。

しかし、ダブリンの大学へ戻ったブローナさんは、四年生のとき、文部省の教員募集の知らせを見てふらっと応募して、受かったという。

日本滞在が長くなればなるほど、自分の行動範囲が決まってきてしまうように思うときがある。何かに関心をいだいていても、なかなか行動に移せないというキライが、ぼくにはあるのだ。

教員として二年の任期を終え、ブローナさんはヨーロッパへ戻って今、ボスニアで活動している。付け焼き刃ではない、もう貫禄《かんろく》の折り紙腕前も、きっと生かされているだろう。

ミルザの話

日本で知り合ったミルザという生粋《きっすい》のサラエヴォっ子に、ボスニア内戦のときはどうしていたのか、尋ねてみた。すると彼は、セルビア軍に包囲された街での暮らしを、次のように語ってくれた——。

一九九三年一月、サラエヴォのわが家のある日の夕飯。「夕飯」といっても、電気がないので午後、日がくれる前に作って食べる。

一家みんなでいっぺんに食べるが、それもガスがなく、後でもう一度あっためるだけの燃料の余裕もないからだ。あったかいものが食べられるのは、一日にこの一回だけ。

まず、水がなきゃ始まらない。けれど、水道も去年の四月からずっと止まっている。朝、私はいつものようにカラのポリタンクを手押し車にのっけて、一番近い井戸までの二キロを歩く。途中、民兵の狙撃手《そげきしゅ》にねらわれてしまう。中でも、川を渡る橋のところ、それから井戸の前で並んで待っているところが特に危ない。目の前で、人が狙撃されたこともある。帰りは水が重く、のろのろ進むので余計恐ろしい。でも毎回、なんとか撃たれないで行ってこられた。

わが家のリビングルームの端に、大きなドラム缶が据えてある。横っ腹に穴があいていて、そこから燃料を入れる。廃材の鉄を使って、上に一時しのぎの煙突《えんとつ》を、自分でつけた。このドラム缶を使って煮炊《にた》きをする。家中で、この周りで暖《だん》を取るほかはない。リビングルームの向こう側の壁は、一面に氷が張っている。去年の十二月、寒くなってからずっとそう。とけるどころか、だんだん分厚くなっていく。

肝心な食料のほうは、ほとんど国連の難民高等弁務官からの、月に一度の救済物資に頼りきりだ。今日は、マカロニの小さいやつとササゲをいっしょに煮て、味付けは塩だけ。だが、一番の味付けは、実は空腹だ。

わが家はそろそろ、燃料が苦しくなってきた。最初のころは古新聞、古雑誌、いらない本、段ボール箱、余分な家具、木製の置物など……でもいまはもう、いい本といい家具しか残っていなくて、生きて行くということは、絶えず取捨選択を迫られることだ。

そういえば、古い靴、特に古いブーツが燃料にとてもいい。火さえつけば、あとはゆっくりといつまでも燃え、片方のブーツだけで夕飯が作れる。

みな、皿とフォークを持って、ドラム缶の周りに集まるのだ。

奪われた時代

ミルザさんは、ボスニア内戦のとき、サラエヴォ市立病院で働いていた。一九九三年八月のある日、点滴用の瓶を熱湯消毒していた最中に、砲弾が病院を直撃、瓶のガラスの破片が彼の額と頬《ほお》と右目に刺さってしまった。戦時下の病院では充分な治療ができず、右目の視力は、回復しなかった。

けれど、自分の傷など、ボスニアの子どもたちが受けた痛手に比べればなんとも軽いと、ミルザさんは言い張るのだ――。

子どものころ、弟と毎日外を走り回り、町全体が私たちの遊び場のようなものだった。何か悪さをしたとき、叱られるんじゃないかと、心配事といったらその程度のことだった。

それに比べて、戦場と化したサラエヴォで育った子どもたちは、毎日のように死に直面して、恐怖に包まれた日々を過ごした。

子どもでありながら、「子供時代」を味わい楽しむことはなかった。私のおいっこたちもそうだが、戦争が続いた四年間は、外で遊んだことがまるでない。そのかわり、地下室で爆音を聞きながら、次の砲弾が自分の家の上に落ちはしないかと思い、ただじっと、砲撃が止《や》むのを待ったのだ。

私たちが子どものころよく遊んだ公園に、戦争時の子どもたちが足を踏み入れたのは、切り倒された木々の枝を、燃料として拾い集めるためだった。

でも、そんな状況の中、すねたり泣いたりはせず、みな子どもらしさを捨てて、あらゆることに大人と同じく、割り切って生きていく。戦争という環境に順応して、仕方なくあきらめるのだ。

ボスニアの戦争だけで一万五千人以上の子どもが殺された。コソボでも、同じことが繰り返された。生き残った子たちに、奪われた子供時代を返してあげることはできない。けれどいま、彼らが必要としているもの――例えば教育、医療、安全と愛情――それらを与える責任は、大人の私たちにある。

戦争が最初から起きないように、うまずたゆまず努力することこそが、大人のホントの責任だと思うが。

お化けの道

お化けの道

『歳時記』には載っていないが、夏といえば「お化け」だ。米国ではお化けの祭り「ハロウィーン」が十月三十一日と決まっていて、ゴーストと秋が結びついている。英語HAIKUの季語にしてもいいくらいだ。とはいえアメリカでも、夏になれば廃屋や墓地で肝試しをやったり、キャンプファイヤーを囲んで怖い話をしたりする。

中学二年の年、サマーバケーションは幼なじみのカークにくっついて、テネシー州の彼の祖父母の農場へ出かけた。農繁期の手伝いという名目だったが、ぼくらを監督して手伝わせるほうが、逆に手間がかかったのではと思える。カークのいとこで、四歳上のジョニーも、隣村からやってきてトラクターを運転、ぼくらをからかったり励ましたりした。ある晩、ポーチの明かりに集まる蛾《が》をカークと捕まえていると、ジョニーが寄ってきて、囁《ささや》いた——「夜な夜なゴーストが出るところがあるけど行ってみる?」。

ジョニーのぽんこつシボレーに乗って、曲がりくねった林道を走ること二十分。いきなり右折して、舗装もされていない凸凹《でこぼこ》の道へ入った。幅が狭く、木の枝が車のボディーを擦《こす》る。それまで黙っていたジョニーが語り出した——「この辺り、昔は線路があって、ちょうどこの先が、信号とポイントの場所だったらしい。切り替えはもちろん手動で、信号手がひとり徹夜でやっていた。ある夜、列車が暴走して、信号手の男がひかれた。その霊が浮かばれなくて、今でもここへやってくるんだって、ランタンを下げて」。エンジンを切ってヘッドライトを消し、車中の真っ暗闇で、三人じっと待った。

とても長い数分が経《た》った。すると、遠くのほうにポーッと光が見え、かすかに揺れながら近づいてくる! だんだんと本気で怖くなり、瞳を凝らせば、たしかにランタンのような、人のシルエットのような……と思ったらパッと消えた。数分経って、またポーッと現れて近づき、またもやパッと。こんなスリルを四、五回味わってから、ジョニーはタネを明かした。もう一本の道路がずっと先方にあって、車がそこを通ればヘッドライトがしばしの間こっちに向けられる。そしてカーブを曲がると、急に見えなくなる。

たまにテレビでオカルト系の番組を見ると、ぼくはジョニーのことを思い出して、感謝する。あのときタネ明かししてくれなかったら、ぼくは未だにどこか信じていたかもしれない。

無神論者の墓碑銘

サンフランシスコの波止場の近くに、古今東西の胡散《うさん》臭い珍品を賑やかに展示するRipley's Believe It Or Not Museum（リプレーの信じようが信じまいがミュージアム）が建っている。博物館というよりも、でかい見世物小屋のような施設で、観光客をターゲットにしたtourist trapだ。ぼくもその「罠《わな》」にはまり、入館した。二階にはお化け屋敷風に作られたコーナーがあり、覗き込むと、こう刻まれた墓石が立っていた――“Here lies an atheist, all dressed up and no place to go.”（ここに眠るは無神論者、せっかく一張羅《いっちょうら》を着ているというのに、どこへも行けるところがない）。米国ではまだ土葬が一般的で、よそ行きを着せられたまま埋められる人が多い。敬虔《けいけん》なクリスチャンなら、死後のアポイントメントが待っているはずだが、ぼくみたいな無神論者は、土となるまでじっと横たわっているのみ……。

その墓碑銘を目にして、ぼくは苦笑を禁じ得なかった。ただし、それは冷やかされたからではなく、実は墓碑銘に関して、とんだ勘違いをしたことがあったからだ。

二十歳のとき、ぼくはニューオリンズに一カ月ほど滞在して、ある朝、古い墓地のLafayette Cemeteryの中をぶらぶら歩いてみた。そこでNo Cross No Crownという飛び切りカッコいい墓碑銘に出くわし、その四字熟語的なシマリにほれ込んだ。「十字架」も「王冠」も単語ではなく、絵が石に彫られていて、「キリスト教も王政もまっぴらだ」――ぼくは即座にそう解釈して、ここに眠るは、きっと無神論の民主主義者だと決め込んだ。また、自分自身の墓にもいずれ使えるかもと、記憶に留めた。

それから十年も経ち、ペンシルバニア州のことをエッセイに書こうとして、その創建者のウィリアム・ペンについて調べていた。敬虔なクエーカー教徒だった彼は、信仰のために異端視され、一六六九年にロンドン塔に投獄された。そして*No Cross, No Crown*と題した本を、監禁の間に書き上げた。ぼくはそれを知って、脳味噌《みそ》がでんぐり返る思いがした。というのは、ペン氏が「十字架無用」と訴えるわけがまったくなくNo Cross No Crownって反対の意味だった！　「十字架に耐えなければ王冠は手に入らない」、つまり「苦労なくして栄冠なし」「苦労は楽の種」とか。

考えれば、スポーツ界では"No Pain, No Gain."という宗教抜きバージョンがよく使われているし、東京シティ競馬の宣伝文句だって"No guts, No glory."と同類の表現だ。

自分の墓に刻む前に、目覚めてよかった。墓碑銘選びは、また振り出しだが。

忠犬のドアマット

英国ロマン派の大詩人、ジョージ・ゴードン・バイロンは一八〇八年に、友の死を惜しんで墓碑銘を書いた。ただし「ボースン」という名のその友は、人間ではなくて真っ黒いニューファンドランド犬だった。

「ああ哀れな犬の一生。いかなるときも信頼にこたえ、いつも一番に歓迎してくれて、危険が迫れば馳《は》せ参じて守り……」——犬が人よりどんなに優れた生き物か、詩人は実感を込めて語る。墓碑銘にしては、かなり長々と。

ぼくが小学生のころ、うちの父にとっての無二の友といえば、スパニエル犬の「ミッキー」だった。毎晩、父の帰宅を待ち構えて、いの一番に歓迎。護衛に当たる必要はあまりなかったけれど、危険が迫ったならばきっと捨て身で守ったに違いない。

主人のいうことをわりと素直に聞くミッキーだったが、川の側《そば》へくると無性に飛び込みたくなる性癖《せいへき》は、どんなに調教しても直らなかった。オーサブル川のほとりの釣り小屋へ連れて行けば、ミッキーは車を降りるなり、矢も盾《たて》もたまらず疾走してドッボーン！　見事な犬搔《か》きで流れを縦横に泳ぎ、まるで日々の忠義のストレスを発散させているようだった。しばらくするとまた岸へ戻り、今度は鼻を地面すれすれに、森の中を走り回る。

それだけで済むときはよかった。濡れた犬は自然と、そのうち乾く。ところが、たまに森の片隅で、ミッキーが何か動物の死骸《しがい》を発見することもあった。敏感な鼻の持ち主なら悪臭を避けるだろうと、人間の理屈ではそう考えてしまうが、犬の理屈はまったく逆らしい。喜び勇んで死臭を嗅《か》ぐだけでなく、ミッキーのやつは体にすりつけたりまでして、やがてのこのこ帰ってくる。

もちろん忠犬を洗うのも主人の仕事。しかし父は父で、無性に川へ入ってニジマスを釣りたい。「ストゥーピッド・ドッグ！」とミッキーを怒鳴って鎖につなぎ、胴長《どうなが》をはいて釣竿《つりざお》を手に、振り返りもせず上流へ出かける。釣り小屋に残ったぼくは、臭い臭いミッキーとは遊べやしない。

ポーチの階段の支柱に巻かれた鎖をぎりぎり伸ばすと、やっと勝手口の外に敷かれたドアマットに届く。ミッキーはだいたいその上に体を丸め、許されるのを小さくなってじっと待つのだった。

むかし、映画が無声からトーキーに切り替わったころ、アメリカの庶民を大いに笑わせ一世を風靡《ふうび》したのはLaurel and Hardyという喜劇役者の二人組だった。太っちょのハーディがボスで、やせっぽちのローレルをこき使ったり、いじめたりもするが、最後にはハーディのほうが痛い目に遭うというのが、大まかなドタバタの流れ。父はその全盛期後に生まれたが、コメディ名作の上映会やテレビの再放送で観て、ファンになったのだ。そしてどこかで珍しいローレル＆ハーディ・グッズに出くわすと、あれこれ買ってくる。ローレル＆ハーディのドアマットもそのひとつ。

太っちょのハーディは、相棒に何か言いつけるとき、「ローレル」といわずに「ストゥーピッド！」と馬鹿呼ばわりするけれど、ドアマットでもしかり。"Wipe your feet, Stupid!"――「足をぬぐえ、馬鹿！」という台詞《せりふ》と、山高帽をかぶった二人の頭部が描かれてある。米国の一般的なドアマットには“Welcome”とあったりするので、それに比べて少し過激な感じだし、場合によっては訪問者へ向けての台詞というふうに取れなくもない。さすがの父も、自宅の玄関前に敷くことには二の足を踏んで、結局、釣り小屋で使うことになった。

そして結果的に、そのドアマットに一番世話になったのはミッキー。「ストゥーピッド・ドッグ！」と父にしかられ、丸まって小さくなっている間中も、マットの“Stupid!”がキャプションみたいについていた。それから、今度はもっと優しく、仕方ないなぁという愛情を込めて「ストゥーピッド・ドッグ」といわれながら、ゴシゴシ洗ってもらうのだった。

アメリカのユーモア詩の名人、オグデン・ナッシュは一九五三年に、ドアを次のように定義した。「ドアというのは、犬がいつも心地よくない側《がわ》にいなければならない境」。

哀れなミッキー。でも、お仕置きとストゥーピッド呼ばわりを覚悟した上での、確信犯だった気もするが。

乳牛狩り

二〇〇四年五月、ミシシッピ州の田舎を廻《まわ》り、国有林の近くの道路でテディベア発祥の地に出くわした。

タフなイメージが売りだったセオドア・ルーズベルトは、一九〇一年に大統領の座についた。ハンティングが彼の趣味で、あるとき熊狩りが計画され、側近は大統領が苦労しないようにと子熊を捕獲して縄でつないでおいた。しかしルーズベルトはその子熊を哀れんで射殺せず、新聞は「大統領、子熊を助ける」とイラストつきで報じた。それがきっかけとなって「セオドア」から、優しい響きの「テディ」に呼び名が変わった。商売人は縫いぐるみまで発売した——。

道端の案内板を読んでから土産《みやげ》物店を覗くと、黒熊の毛皮が売られていた。どこでどう殺された熊か……気にしながらもそのまま車に乗り込んで再出発。ミシシッピ川にさしかかったときだった、マーク・トウェーンの話を思い出した。

ルーズベルト大統領が成獣の熊を捕ったときも、やはり新聞は大きく取り上げ、トウェーンはそれに対してこうコメントした。「大統領は熊だと思い込んでいるようだが、本当は牝牛《めうし》を射止めただけ。牝牛を殺すなんて大人げない。乳を搾ってから解放してやったらいいのに」。ナンセンスとして、ぼくはその話を覚えていたが、やっとトウェーンの真意が分かった。要するに、大統領の娯楽ハンティングなんか、用意されたものを撃つに決まっている。獲物が熊でも、実質的には乳牛を射殺しているようなものだと。

一世紀ほど経った今の米国で、ハンティングの娯楽性はさらに拡大され、殺せる動物の種類も増えている。現在、五十州の半分以上には、釣り堀に似た仕組みの狩猟施設があり、ハンターがメニューから動物を選ぶと、囲いの中へそれが放される。北米に棲息するものだけでなく、アフリカから輸入されたライオンやキリン、シマウマなども撃てるのだ。シマウマの相場は一頭につき三千ドル、約三十二万円だ。

調べた限りでは、乳牛を撃たせてくれるところはなかった。が、ヒマラヤからきた野牛のヤクなら、テキサスで自由に殺せる。三千二百ドルさえ支払えば。これがアメリカの現状だ。

ノクターン

リンカーン大統領とクルーガー船長

十代のころ、ぼくは古今東西のティーンエージャーの例に漏れず、親といっしょに出かけることを好まなかった。父はすでに事故で亡く、親といっても母だけだったが、それでもなにかにつけ、やはりいっしょに出かけざるを得なかった。

十六歳のとき、取りたての運転免許をポケットに（母の車を借りて）デートしていたかった――そんなある土曜日、逆に母親の運転のもとでデトロイトへ向かった。父が生前、親しくしていた画廊主の家での午餐会《ごさんかい》に、ぼくらは招待されていたのだ。ダサいネクタイしめなきゃならないし、これからおじさんおばさんたちに「まあ、お父さんの面影にそっくり」と何度もいわれなきゃならない……。

到着して、母親の後に続いてその家に上がると、われながら面食らって爆笑した――リビングの壁から大きな大きなリンカーン大統領がこっちを見据えている。五ドル札に載っているあの顔に違いないが、トップハットも被った、全部木でできたリンカーン。数種類の木材の色の濃淡で表情が作られ、しかもよく見れば、口も目鼻も顎髭《あごひげ》もみな引き出しになっている。

　家具を兼ねた彫刻のような、立体画のような、そのインテリア・オブジェはなんとも痛快で、偶像化された「父なるリンカーン」をからかいながらも、偶像化に新たなチャプターを付加。午餐会のみならず、翌年、高校で学んだ南北戦争の歴史も、そのオカゲで楽しくなったものだった。

　歴史のことなど、試験が済んだ後ほとんど忘れたが、画廊主に教えてもらったディック・クルーガーという、「家具なるリンカーン」の作者の名は忘れなかった。そして機会あるごとにデトロイトの画廊をたずね、クルーガーさんの作品を拝見。例えば一見、中世の騎士たちが使っていたような「ゴブレット」、つまり脚と台の付いたゴシック風の酒杯は、しかし手にとってみると、すべて自動車のエンジンの古い部品でできていた。あるいは「ムーラン・ルージュ」とタイトルの付いたビロード地の上製本は、開いてみるとヒョッコリ踊り子たちが飛び出し、開閉を繰り返せば見事なカンカン踊りが繰り広げられる……。

　一九九四年の夏に帰省したぼくは、再び例の画廊へ足を運び、そこでクルーガーさん本人に初めて会った。奥のほうで、ふさふさした髭を片手でこすりながら、自作とにらめっこしていた。それはでっかい陶製の「顔付き月面立体図」。ぼくが日本の「月と餅《もち》つきの兎」の話をすると、彼は面白がって「今度はラビットも入れようかな」。しょっぱなから馬が合った。

その後ずっとクルーガーさんとやりとりがあり、手紙とともにアイディアや写真やスケッチ、たまには本も送られてくる。新しいものに絶えずチャレンジする彼に負けじと、刺激されてぼくもぼくなりにあれこれ挑戦、合作も考えている。このあいだ、彼の百パーセント廃品再利用の「トイ・カー作品群」がインターネット上で展示された。かと思うと、愉快な「ボートとシップ・シリーズ」の写真が最近届いた。中でも、いかにも潮風にさらされたような「タグボート」が傑作だ。

タグボートのようにこっちを引っ張ってくれるクルーガーさんを、これからは「船長」と呼ぼうかな。

ファンタジーの錨

ぼくが生まれ育ったミシガン州から、一番近い海、大西洋までは約千キロある。本物の海を初めて目にしたのは、十歳のころだ。そのせいか今でも海岸に、どこの海であろうとその前に立つと、いきなり自分が遠いところ、まるで世界の果てに来て、いつまた来られるか分からない、だからこの海を覚えておかなければいけないと思い、波をじっと眺める。

それから足元も見て、磯《いそ》遊びを始める。イソギンチャクかアメフラシか、ウミウシ、ウニ、ヤドカリでも見つけて、触《さわ》ったり追いかけたり……そのうち、ぼくは決まってこんなファンタジーの中へスーッと流れていく——太古の海から陸に這い上がってきた生命、その最初の生き物が最初の一歩を踏んだのは、実はこの海岸の、ぼくが立っているこの岩の上であった……なんて、とりとめなく空想にふけるわけだ。

何年か前、青森の下北《しもきた》半島の果てにある大間町《おおままち》へ出かけ、「本州最北端」の標識の側で、ぼくは磯遊びをした。それから漁師の船に乗せてもらい、海峡に浮かぶ弁《べん》天島《てんじま》へ渡って、やはりそこでも磯遊び。だが、珍しく「生命上陸空想」というのは、しなかった。漂流しがちなぼくの想像のために、海底に食い込んだ錨《いかり》のような「史実」が、そこに用意されていたからだ――一八六二年の四月に、乗組員十五人ほどのイギリス商船「アスモール号」が、大間崎弁天島の暗礁《あんしょう》に衝突、沈没した。見知らぬ海峡の複雑な潮の流れと悪天候、おまけに「やませ」というやっかいな北東風が重なっての天災だった。しかし、地元の漁師たちが救助に当たり、乗組員は全員助かった。そして十日間ばかり、幕末の大間に思いがけなくホームステイ。

調べてみると、アスモール号の乗組員名簿のパーサーの欄に、「フランシス・リンチ」という名が載っている。ぼくの母方の祖父と、同姓同名だ。「リバプール出身」とあるが、もともとは祖父と同じくアイルランド系だろう。でも、このフランシス・リンチは太平洋を渡って来る前に、カナダのビクトリアでアスモール号を降りたらしい。カナダに住み着いたのか……ひょっとしてぼくとどこかで、まがりなりにも血でもつながっているのだろうか。

アスモール号の料理長、アレクサンダー・アシュトンはバルバドス島の出身だった。彼の目に、幕末の本州という大きな島の最北端はどう映ったのか。滞在中に、どんな料理を披露したろうか。

船長のジョン・ジェンキンスをはじめ、船大工のダニエル・メーラー、一等水夫のベンジャミン・ヒューズ、二等水夫のデービッド・ライスも、みなウェールズの出身。クルーの仮の宿となった寺の本堂には、英語よりもきっとウェールズ語のほうが多く飛び交ったに違いない。

カナダの西海岸からはるばるシンガポールへ、そして中国の汕頭《スワトウ》と上海《シャンハイ》、やがて横浜を経て、箱館《はこだて》を目指し、この大間で運命の明暗……。釣り船でぼくを弁天島に連れて行ってくれた藤枝さんの曾お祖父《ひいじい》さん、あるいは曾々《ひいひい》お祖父さんが、救助した一人だったかも分からない。

アスモール号の乗組員が、大間の地を踏んだ最初の異人か。「陸に這い上がった最初の生き物の最初の一歩」に比べれば、ついこの間の出来事だ。身近である分、こちらの想像をかき立ててくれる。

ノクターン

マンハッタンのホテルの部屋の、ブョブョしたひじ掛け椅子に半ば沈んで、ぼくは耳を澄ましている。着いたきのうが、うららとした陽気だったのに、きょうは朝から曇天、ときどき冷雨。お葬式にぴったりだった。妻の親友がここニューヨークで急死、ぼくら二人で飛んできた。

いま夜中の二時を回ったところだ。この椅子に腰を下ろして、もう一時間になる。最初は閉め切った窓とカーテンの向こうの、かすかな雨音に聞き入っていたが、そのうち止んだみたいで、するとバトンタッチするかのように、妻の鼾《いびき》が始まった。鼾といっても、寝息にちょっと毛の生えた程度のもの……それに、思えばマンハッタンの雨音と同じくらい、めったに耳にすることのないものだ。

なぜなら、いつでもどこでもすぐ寝付けるぼくと違って、彼女は眠りにこぎつけるまでの道程が長い。まずは「睡眠態勢」を整えるためベッドメーキングをして、次に室内を徘徊《はいかい》しながら歯磨きと心の準備。やがては、お休みのキス。だが横になっても、アイピローを目の上にそっと乗せたり、お気に入りのタオルを少し顔に当てたり、それでもなかなか睡魔がやってきてくれないらしい。「らしい」というのはつまり、ベッドがいっしょでも、こっちは目をつむるやいなや夢の国へ旅立ち、留守になるからだ。

結婚して、妻の鼾を十回は聞いていないのかも。なのに、こっちのを彼女は、ほとんど毎晩のように……「ああ、またおいてきぼりか」と、聞いているのだろう。今夜ぼくがこうして起きているのも、時差ボケというよりは、飛行機の中で寝溜《ねだ》めをしておいたからだ。いうまでもなく、妻はその十二時間、ほとんど眠れなかった……らしい。

こんなぼくでも、「眠りのおいてきぼり」を食うことは、たまにはある。例えば、初めて日本の夜行バスに乗ったときが、そうだった。青森への取材旅行で、ぼくは妻に梶井基次郎の短篇集を借りた。

四、五篇読んでから眠るつもりで、一番後ろの左の窓際の席について、シートベルトをカチャン。たしか九時半ごろの出発だった。

バスはまだ首都高から抜け出られず、一篇目の『檸檬《れもん》』さえ読み終わらないというのに、運転手がマイクを持って早々と「消灯」を知らせてくる。待ってました！といった感じで、隣のおばさんが背もたれを倒して、黒いアイマスクをつける。そのまた隣のおじいさんはワンカップの残りを仰ぎ、野球帽を目深に被る。ほかの乗客もみな「睡眠態勢」に入り、四方のカーテンが閉め切られ、車内は真っ暗になった。ぼくの席の小さな「読書灯」を除いては。

『檸檬』の主人公がまだまだ京都の二条辺りをうろうろしているのに、隣のおばさんがグーグーいい出し、かと思うと前方からも高鼾が流れてくる。鼾の数は二人から三人、四人に増え、やがて野球帽のおじいさんも加わってクインテットに。それぞれみんなリズムも音色も異なるが、バスの低いエンジン音をバックに、なんとなく融合。

本を閉じてぼくも消灯、目をつむり……だが眠れない……。まだ埼玉か、そろそろ栃木か、カーテンの縁のマジックテープをゆっくり、静かにはずし（その音が鼾に酷似）外を覗いた。

すると、道路の照明や、ほかの車のヘッドライトなどが、カーテンの隙間《すきま》から舞い込んできた。天井をすっと駆け抜けるのも、荷物棚にジグザグをえがくのも、気まぐれに回転するのも……車内がまるでライトショーと化し、ぼくはその映写技師に。

あるいはこれって、流れ星とほうき星を専門に見せる移動プラネタリウムか。天体の動きに、鼾室内楽のサウンドトラックが妙にマッチして……。埼玉か栃木か分からなかったが、たぶん福島に入ってもなお、ぼくはカーテンの開閉を繰り返していたと思う。

このホテルの部屋のカーテンを、妻を起こさぬよう静かに開け、外を覗いてみると、マンハッタンは真っ白！　さっき、雨音が止んだとき、そこで雪に切り変わっていたのだ。

いまも、はらはらと舞い降りていく。朝までに何センチ積もるだろうか……妻もびっくりするだろう。

そろそろ彼女と、鼾のデュエットを奏でるとしようか。

Ⅳ

ネズミ巡り

マエストロとイルカ

もう十年以上、鍵盤《けんばん》に触れずにいるので忘れてしまったが、むかしの一時期、アコーディオンがほんの少し弾けるようになっていた。

二十歳のとき、アメリカからイタリアへ渡り、ミラノのイタリア語学校「インスティトゥト・ダンテ・アリギエリ」に入った。そしてある日の昼休み、近くの公園でアコーディオン弾きのお爺《じい》さんに出くわし、その哀愁ただよう音色に魅了された。あるいはひょっとして、フイゴの伸縮に催眠術をかけられたのか。とにかくどうしてもやってみたくなった。

ドゥオーモの側《そば》の楽器屋で尋ねると、ブルーノ・ノッリというお薦めのマエストロの連絡先を教えてくれた。さっそく門をたたいて、レッスンに通い出し、中古のアコーディオンも譲ってもらった。

やる気満々なわりには覚えが決して早くはないぼくに、マエストロは短気ひとつ起こさず辛抱強く、ビギナーの不器用な指を一本ずつ指南。ポルカやマズルカや、易しくアレンジされたバッハのフーガも、ジャズのスタンダードもかじらせてくれた。ぼくが行き詰まったり、自分に絶望しそうになると、「ちょっといっしょにやってみようか」と、マエストロもセッティモ・ソプラーニ社製の自分のアコーディオンをケースから取り出し、弾き始める。

アンブローズ・ビアスの『悪魔の辞典』で“Accordion”を引いてみれば、「殺し屋の心理にぴったり合う音を出す楽器」とある。ぼくの手に渡ったアコーディオンは、ビアスの定義が当てはまる凶器的なサウンドだったかもしれないが、ブルーノ・ノッリの演奏にはフイゴ嫌いも酔いしれる。六十路の坂に差しかかっていたマエストロは、十代のころからクラシックが得意なアコーディオニストとして名を揚げたけれど、ロシア民謡からモダンジャズまで、幅広いジャンルを自由自在に行き来する妙手だ。

「いっしょにやってみようか」というときは、楽譜のお玉ジャクシを相も変わらずぎこちなく追いかけているぼくを、最初は支え持つように、そして引っ張るように、肩を揉《も》みほぐしていくようにマエストロも楽譜通りに弾く。それから徐々に即興が加わってきて、メロディーの血管、ハーモニーの骨格を浮き立たせる演奏になっていく。やがてサーカスの曲芸師さながら、頭上を飛び越えたり、周りをぐるりと回ったり、こっちがくすぐられる感じになったところで、最後には必ず楽譜に立ち戻り、お手本を示して終了。

そんなかたじけない、名人との二重奏をさせてもらったにもかかわらず、ぼくの上達は実にゆっくりだった。二年足らずでイタリアを離れ、マエストロのもとへ通えなくなったら、アメリカの自宅の押し入れの奥に結局、アコーディオンが眠ることになった。

でも、レッスンの幸福な時間、とりわけあの「デュエット」の身にあまる嬉《うれ》しさは、今年の冬にニュージーランドの海中で、鮮やかによみがえったのだ。「冬」といっても南半球では季節があべこべ、北島の北端に近いベイ・オブ・アイランズは、まさに夏たけなわだった。瑠璃《るり》色《いろ》の海に誘われて海水パンツをはき、早朝から「ドルフィン・ウォッチング・ツアー」の船に乗り込んだ。

もしイルカに運よく出会えて、そして幼い仔イルカを連れた母親イルカがいなければ、いっしょに泳いでもいいとガイドがいった。入り江に浮かぶ小島を縫いながら探し、一時間経《た》って現れてくれたのは、五頭のワカモノのバンドウイルカの群れだった。船と駆けっこして、航跡に波乗り、空めがけてジャンプし、見事な空中回転を見せる。そしてぼくら乗客が、フィンをはいてマスクをつけてスノーケルもくわえようとバタバタしている間も、逃げ去りはしなかった。

船長の「ゴー！」に従って、ぼくも含めて十五人ほどが飛び込み、イルカに近づこうと泳ぎ出した。数メートル行ったところで、ぼくは潜《もぐ》って四方を見回し、また海面へ戻ろうと思ったらオヤッ！　自分の真下にイルカが一頭、首を少々かしげてこっちを見上げていた。

「おおお！　コンチワ！」スノーケルをくわえたまま、ぼくは日本語で挨拶《あいさつ》。向こうからも「キーリキーリ……カチカチ……キーリキーリッ」という声が聞こえてきた。興奮して息を吐いてしまったので、海面へ上がって大きく吸い込み、再び潜って腕を脇《わき》にぴったりくっつけ、じっとしていると、イルカはぼくの真ん前にきて「ピュ――」といった声を発し、くるっと回ってからもう一度、目の前に止まってくれた。

三メートル近くあるその体の、カーブのお手本のような美しい線。吸い込まれそうなその目の周りにだけ、少し皺《しわ》が寄っている。背鰭《せびれ》の後方に何かの傷痕《きずあと》か、三つばかり小さな欠けがある。ぼくがそう眺めている間に、相手は超音波でぼくの性別、腹の空き具合、健康状態、精神状態までもきっと読み取っていただろう。

そしてシュッと、こっちが驚いてまたもや息を吐き出してしまう速さで、いなくなった。今、ホントに向き合っていたのだろうかと、一瞬、自分を疑《うたぐ》る。

海面から顔を出して見れば、たぶんさっきの彼が二、三十メートルの向こうで高く跳ねて、惜しげもなくアクロバットを披露している。

同じ海で泳ぐ資格などなに一つないぼくらと、付き合って楽しそうに泳いでくれたイルカ。ギリシア神話に出てくる彼らは音楽好きだが、ドルフィン・ウォッチングのガイドに聞いたら、その通りだといっていた。継続してマエストロのレッスンにずっと通っていれば、相手をもう少し楽しませることができただろう。ただ、水中で弾けるアコーディオンがあるかどうか。

作曲家のジョン・ケージはこういった。「録音が手に入ったから、その音楽を自分が持っていると思うのは大いなる勘違い。音楽という〈いとなみ〉自体が、人間は究極のところなにも持っちゃいない真実を、歌い上げるものだ」

なにも持っちゃいない自分を、イルカは常に、美しく歌い上げている。

エリオットと菅原とビュビュ・ド・モンパルナス

エリオットの詩は、外国語から出発しているといっても過言ではない。フランス語でボードレールやマラルメをしゃぶるように読み、イタリア語でダンテを学び、ドイツ語の哲学書にも没頭して、彼はその中からつかんだ感覚と音楽を、英語の独自の文体へと作り変えた。ワーズワースとは質がまったく異なるが、エリオットの作品にも、読者が酔いしれる調子のよさがある。

十代の終わり、ぼくはエリオットに陶酔した時期があった。けれどその後、二年ほどミラノに住んでイタリア語にどっぷり漬かり、ダンテやパヴェーゼを読み耽《ふけ》る中で、エリオットの詩の抜かりない調子を、怪訝《けげん》の目で見るようになった。『荒地《あれち》』のイタリア語版も頑張って読んだ。すると、それまでは天衣無縫に見えていた彼の文体の、縫い目がくっきりと現れ見えた。それも単なる訳の問題ではなく、イタリア語というレンズを通して凝視し直したことで、原文のツギハギにも気づいたわけだ。

翻訳というのは、言葉を置き換える作業に思われがちだが、実際は原文の言葉といっしょに、その向こうにある事物と人物と、起こり得るすべての現象を点検して飲み込み、もう一つの言語の中でそれらを再現しなければならない。ところが、原作によっては、言葉と事物とイマイチうまくつながっていない場合もある。あるいは、そういったつながりを意図的に排した「ランゲージ・ポエトリー」なども、少なからず世に出され、訳が試みられもする。

そんな類《たぐ》いの詩を、否定してはいなかったものの、イタリア語を経てタミル語をかじってから日本語に飛び込んだぼくは、その段階ですでに、言語に終始する言語に対して、かなり懐疑的になっていた。

在日二年目にして、菅原克己《かつみ》の詩に遭遇。「朝の食卓」の出だしはこうだ。

朝のテーブルの上に
木の葉の影がちらばっている。
ぼくの方はすでにすんでるのに

かみさんはまだパンを千切っている。
彼女の興味は、いまや
ジャム壺に残った苺ジャムである。
彼女は丹念に
指先でパン切れを操作する。
そのたびに茶色いジャム壺が
横になったり、逆さになったりして
ぼくの目の前をうろつく。

——外連味《けれんみ》のない日常を、実況中継するかのように詠《よ》み、でもその奥で息づく森羅万象にまで読者をグッと、優しく引き込む。

惜し気もなく、詩の神髄を差し出してくれる菅原克己に、ぼくは書き手として目標を見つけた。そして彼の作品を、なんとか自分のものにしたくて、英訳し始めた。その作業を通じて分かったのは、菅原さんの詩は、言葉で書かれているのと同時に、事物の層でも丹念に作られてある。一見は頼りない単語に見えても、掘り下げていけばその根は岩盤に達している。ぼくはそこを礎《いしずえ》にして、英語バージョンを組み立てていけるのだ。

ただ、菅原さんの作品の中にも、うまく訳せないのがあった。「『ビュビュ・ド・モンパルナス』を読んで」という、シャルル・ルイ・フィリップの小説に基づいた三部立ての詩だが、肝心の『ビュビュ』をぼくは知らなかった。あるとき勢い込んで、図書館から日本語版を借りて読んだは読んだが、英語の読者に伝えるためには、やはり英語版も読まなければならないと判断。しかしそれが絶版だと分かり、一時帰国のたびに古本屋巡りしても見つからず、半分あきらめかけて、だがダメモトで立ち寄ったマンハッタンの店の隅っこに発見！　薄汚れた文庫判。開くと発行が一九五一年、そしてなんと"Introduction by T. S. Eliot"とある。

エリオットはフィリップを、「スケールの小さい作家」と断った上で、「登場人物を、彼らに最も忠実な視点から常に描く」と続け、実は絶賛している。その序文の言葉の端々から、一種の悔しさも滲《にじ》み出ている。自分にはない忠実さ、技術に走らず事物をありのままに深く描く才能を、羨望《せんぼう》していたのだ。

エリオットがもし、菅原克己の作品を読んだならば、それも羨望の的になったのではないかと思う。

どうぞご自由に

十九世紀末に、マーク・トウェーンは母国を見渡して、こう書いた。「もしデータを集めて、統計も取っておけば、おそらく実証できるだろう——アメリカ特有の、この国ならではの犯罪組織は、たった一つ。それは合衆国議会である」。できるものなら百年余り経った今、もう一度トウェーンに母国の「組織」の品定めをしてもらえたらなと思う。でも、ここ数年の合衆国議会を見ていて思うのは、風刺作家の手を煩《わずら》わすこともなしに、連中が日々やっていることが、そのまま立派なパロディーなのだ。

例えば二〇〇四年三月十一日の「アンチ・フレンチ抗議行動」が象徴的だった。早くイラクを攻撃したいのに、フランスが歩調を合わせてくれないのはけしからん！　とシビレを切らした共和党の下院議員たちは、そこで知恵を搾《しぼ》り出し、奇策を弄《ろう》した——国会議事堂内の食堂のメニューをこの際、思い切って変えようではないか。

言語的にも、これは米国ならではの話といえよう。細切りのジャガイモの空揚げ、つまり「フライドポテト」をアメリカでは、なぜかFrench friesと呼ぶ。そのなぜを調べてみれば、肉や野菜をスライスしたり刻んだり細切りにして「下ごしらえをする」意味のto frenchという動詞にたどり着く。フランスのシェフたちの包丁さばきを、英語圏のコックたちが真似《まね》たところから出てきた料理用語だ。そしてそんな下ごしらえに付された上でフライになったジャガは、当然のごとくfrench-fried potatoesと命名され、いつの間にかそれが縮まってFrench friesのできあがり。なんといっても、仏国との関係が極めて薄いネーミングである。

ところが多忙な代議士たちは、どうやら辞書を引く暇《ひま》などないらしい。まずは行動だ！　と、思いつくなり食堂に乗り込んで、そのオフィシャル・メニューを特権で即変更。いや、「ネームを憎んでフードを憎まず」の精神をきちんと貫いたので、現在でも、フライドポテトを議事堂内で好きなだけ食べられる。ただし、注文するときは「フレンチフライ」といわずに、くれぐれも「フリーダムフライ」と呼んでください。

代議士たちのやること、なかなか徹底していて、朝食のメニューもチェンジされた。パンを卵と牛乳に浸してからフライパンで焼く「フレンチトースト」も、今や「フリーダムトースト」に改名済み。

ああ、クリントンが大統領だったら、もう少し楽しいネーミングが考えられたのに。「不適切フライ」とか。それにしても、フリーダムを油まみれにしていいのか。

油といえば、予定通りに始まった湾岸戦争の続編を、ペンタゴンはOperation Iraqi Freedomと名づけたが、これも同じ次元の発想だ。虐げられているイラク国民に、マックのフライドポテトかバーガーキングのフライドポテトかそれともケンタのフライドポテトか、どれがいい？　といった選択を迫る攻撃だ。「フリーダム」と呼ぶにはあまりに粗末すぎる。

ああ、アメリカのパスポートを所持していることがイヤになる。けれど次の選挙で、油まみれの代議士たちと大統領を、空揚げにするための一票を大切に、国籍は変えない。

英語圏の人がフランス人に学んだのは、料理だけではなく、アムールの分野でもお手本を示してもらったのだ。その現れとして、「ディープキス」のことを、英語でFrench kissという。でも、右に倣《なら》えば、これもfreedomに変更か。ま、たしかに解放感はあるし、もっと自由に接吻《せっぷん》ができるようになるのであればこの改名に限って、あえて反対することもないのかも。

カタカナパンチ

「一番好きな日本語は?」とインタビューで、またしても聞かれた。その日は、少し突っ張りたい気分だったのか、すかさず「パンチパーマがいい」と答えた。「えッ、どこが?」――潮が引くみたいに、相手が急にこっちと心理的な距離を置こうとするのが感じられ、詳しい解説を加えることになった。

「一番好きな日本語」というのは大げさだが、好きなカタカナ語のひとつではある。まずその「パーマ」という略し方。正式なカタカナ名称「パーマネント・ウェーブ」を一ロサイズに縮めたもので、英語の permanent wave と perm の関係にほぼ一致する。ただ、「パーマ」をローマ字に置き換えれば、おまけの a が最後につく。そして日本の理髪店や美容院の中には、そのまま perma を看板に載せている店がある。現在の東京なら、おそらく十軒に一軒以下だろうが、ぼくが来日した当初はもっと多く、どうでもよさそうなa一個なのに、ネイティブの目に入ると思わぬ効力を発揮、一種のタイムスリップが起きたのだった。

permanent waveの看板が初めてお目見えしたのは、百年前のロンドン。電熱利用のカール技術を発表したドイツ出身の理髪師Karl Nesslerが考えたネーミングらしい。誇大な「永久波」ではあったけれど、それまでのウェーブに比べれば、ネッスラー氏が施すのはずいぶんと長持ちして、評判を呼んだ。第一次世界大戦のころに彼はアメリカへ渡り、一九二〇年代の、ショートヘアにパーマをかける大流行の火付け役となった。当時は「permanentと呼ぶわりにはちっとも永久じゃないじゃないか」といった指摘もあり、雑誌などで「パーマネントほど束の間のものは?」とからかわれたりした。しかし早々と短縮形のpermも使われ始め、そのうちpermからは「永久」の色合いといっしょに、矛盾《むじゅん》の感も消え失せた。

ところがpermaとくれば、例えば北極の「永久凍土」たるpermafrostがパッと頭に浮かぶ。ローマ字のpermaには元のラテン語の意味がしっかり含まれていて、「たかが何カ月かのヘアスタイル」とのズレが浮き彫りにされる。つまり、一九二〇年代の英米人と同じように、ネーミングの矛盾が楽しめるわけだ。

さらに、そんな「パーマ」の頭に、「パンチ」を食らわしたというのは、日本語ならではの鮮やかな快挙だ。男女のパーマ利用度は、東西を問わず女性のほうが断然高く、だからといって男性がかけたら女々しいということにはならない。が、パーマは雄々しい雰囲気でもない。マスラオと自認している男は、かつてはそうそうかけに行けなかったろう。でも「パンチパーマ」の誕生で、語感がいきなりタフになり、目を疑うほどのイメチェンだ。

てっきり「殴る」イメージからの命名だと思っていたが、あるとき近くの床屋で、いつものカットのみのコースの最中に、「げんこつを見舞うパーマって、すごいネーミングですよね」と、なんとなく口にした。すると理髪師は、「あれは穴をあける鋏《はさみ》のパンチからきてるみたいですよ。要するに、カールの直径が、パンチの穴くらい小さいっていうか、そんな意味で」。

それからこんな話も聞かせてくれた――「パンチパーマをかけるお客さんは、ま、素行は別として、とてもいいお客さんですよ。なにしろ、ヘアアイロンを使うので、料金は安くないし、伸びてくるとそのまま上がって、放っておけば滑稽《こっけい》な頭になる。一カ月も経つと、また散髪してかけ直さなければならない。いま流行《はや》らないのは、コストの問題もあるんでしょうね。あと十年もすれば、完全に廃《すた》れてしまうかもしれません」。

好きなカタカナ語が追い詰められているとは。だからといって、パンチをかけようとは思わなかったが。

消えたタカ

早朝の池袋で、お山の大将みたいにカラスがゴミの山にのっかっているというのは、わりとよく見かける光景だ。なので、酒屋の角を曲がって五十メートル先の集積所に積まれたゴミ袋の上に、大きな鳥が止まっているのが見えたとき、別になんとも思わなかった。

空は、夜遅くまで吹いていた木枯らしに掃き清められて雲一つなく、ゴミすらぼくの寝ぼけ眼《まなこ》にはまぶしかった。仕事で青森へ、日帰りで行くことになっていて、ぎりぎりの時間に家を出たために、バードウォッチングなんかしている場合ではなかったのだ。

ところが、集積所の側まできて、またちらっと目をやると、止まっているその鳥は慌《あわ》てる様子もなく堂々としている。おやッ、カラスじゃなくてタカか!

オオタカの剝製《はくせい》だった。一刀彫《いっとうぼり》らしき枝を、黒い爪と辛子色の足でしっかりつかみ、胸を張って頭を気持ち右へ向け、眼光はガラス製で鋭い。長い尾羽は何本かが折れて、それらを支えていた針金が露出している。しかしほかはそれほど傷んでいる感じもなく、背中と翼の青みがかったグレーと、胸の白地と黒い斑点《はんてん》のコントラストは、くすんでなどいない。ひょっとして昨夜の風で、かぶっていた埃《ほこり》がきれいに吹き飛ばされたのか。

手を伸ばし、頭頂の羽をそっとなでる。一体どいつが捨てたんだ！　ムカムカ腹が立ってきて、殺して剝製にした何者かへも憤りを覚え、一層胸糞《むなくそ》が悪くなった。が、周りを睨《にら》みつけようにも、先のほうのコンビニの前で缶コーヒーか何かをすすっている中年男が一人いるだけだ。

オオタカを家に連れて帰らなきゃ。一瞬そう考えたが、時計を見て、そんなことをしたら飛行機に完全に遅れると、あきらめるしかなかった。だったらいっしょに青森へ連れて行こう……とも思ったが、そうすると逆に密猟か、保護鳥剝製所持となんかの罪でこっちが捕まるかも分からない。羽田で逮捕、成田から強制送還——なんて。結局は、オオタカの嘴《くちばし》に、尾羽にも指紋を残し、仕方なく駅へ急いだ。

どうにか間に合った飛行機の窓側の席で、澄んだ大空と下界の山々を眺めながら、飛翔《ひしょう》するオオタカの姿を思い描こうとした。そしてだんだんと、自分が飛んでいることが、どこか後ろめたくなってきた。

日本の上空で、報告されるものだけでも、航空機と鳥の衝突事故は年間一千件以上発生している。アメリカはその比ではない。一日に何羽、世界で飛行機に殺されているだろう。ニンゲンの乗客に被害が及ばなければニュースにはならないが、絶滅に瀕《ひん》している猛禽《もうきん》類にとっては、繁殖可能な一個体を失うだけでも正真正銘の命取りだ。

人が空を飛べるようになったのは、すべて鳥類をまねて、その体の作りと動きと飛行技術を盗み盗み試行錯誤を繰り返した結果。アメリカの軍用機やミサイルに、よく猛禽類の名前が付けられるし、ペンタゴンの「鷹派《たかは》」たる"Hawks"も、タカの威を無断に借りている。それなのに、米軍ほどワシタカ科の鳥を痛め付けている組織はこの世にないだろう。アメリカ国内で、「国防」の名の下で行われる環境破壊が、猛禽類の棲息《せいそく》地を直撃するし、他国に米軍が乗り込んで行く際、野生動物も多大な被害をこうむる。今回のイラク攻撃でもワシやタカやトビの「難民」が、百羽単位でトルコへ逃れているのが確認されたという。専門家によれば営巣や繁殖が、軍事行動で著しく乱され、種類によっては致命傷になる可能性も——と。

最終便で帰って、オオタカのいた集積所にさしかかったのは、夜中の十二時近かった。なに一つ痕跡がなく、羽の一本も落ちていなかった。またムカッときて、周りを睨みつけたが、コンビニの前に、ケイタイで話している女性が一人いるだけだった。

ネズミ巡り

初めて日本のネズミに出会ったのは、来日して一カ月たったころの暑い日曜日。ミュージアム巡りと決め込んで、上野の東京国立博物館、国立科学博物館、ついでに東京都美術館もぐるっと回るつもりだった。

ところが最初の展示場で夢中になり、ガラスケースに鼻先の跡をたくさんつけて、まだ本館の半分も見終わらないうちに、閉館の時刻がきて追い出されてしまった。屏風《びょうぶ》と絵巻物と掛け軸、仏像、刀剣、陶磁器や漆器《しっき》、それらにまつわる未知の漢字で頭皮が突っ張った状態。公園をふらふら歩いていくと、やがて不忍池へ出て、ほとりに立って夕日を浴びる蓮の葉を眺めた。

すると、植え込みのほうからカサカサッと聞こえたのだ。振り向けば、ネズミだった。やや小ぶりの艶《つや》のいいドブネズミが一匹、きらっと光る黒目でぼくを見返していた。

日本に来る三年前の夏、ぼくはニューヨークでシーフード卸売会社のトラック運転手をやっていた。早朝のフルトン・フィッシュマーケットの駐車場やゴミ捨て場で、しょっちゅうドブネズミを見かけ、ときには追いかけたりもした。「やっぱり東京にも進出してたんだな！」と、憎たらしい昔なじみに再会したような気持ちで、なんだかちょっかいを出さずにはいられない。ドスンドスンと植え込みに足を踏み入れた。ネズミはひらりと身をかわしてピョンピョンポチャッと、二段跳びで池の中へ飛び込み、蓮の茎の間を縫って平然と泳いで行った。

水泳がお手のものだったことを忘れていたぼくは、ドブネズミのオールマイティーさを改めて思い知った。

それからおよそ一年、日本語学校の「慣用句・諺《ことわざ》・熟語」の授業で「窮鼠《きゅうそ》猫を嚙《か》む」を習ったとき、不忍池のあの一匹が頭に浮かんだ。もし池の側ではなく、例えば塀に囲まれた袋小路でぼくが同じ真似をしたならば、相手はどんな行動に出ただろうか。思えば、マンハッタンの魚市場で“Get outta here!”などと叫んで追い立てていたときも、ネズミたちがすばしこく逃げおおせることが、いうまでもない前提だった。追い詰めたらどうなるかについて、真剣に考えたこともなかった。いざというときは、噛まれていたかもしれない。

いや、調べてみると、ドブネズミに噛まれる人は年間五万人ほどいるらしい。猫の被害に関する統計は見当たらなかったが、ネズミ駆除のために飼われた猫が、反対に駆除されてしまった逸話はいろいろある。

ドブネズミはいつも何かをかじっていて、その二本の前歯の堅さが鋼鉄とほぼ同じだ。そして鋼鉄やコンクリートをかじって歯が擦《す》り減っても、いっこうに困らないという。毎年その前歯は十三センチも伸びるので、むしろ擦り減らなかったら困るわけだ。

人間の住むところならどこにでも棲《す》み、人間のゴミを食べて、場合によっては人間と飼い猫をも噛む。それなのに「窮鼠猫を噛む」に相当する諺が、英語にはないのか！　日本語学校で教わった際、もしかして自分が知らないだけで、本当は似たような言葉が英語のどこかにあるのかもと思った。しかし和英辞典を引いても、諺辞典で探しても、英米人にしつこく聞いてみても出てこない。

一番近いものは“Even a worm will turn.”――「ウジムシだって向き直る」。弱いものにも意地があり、潰《つぶ》される段になれば抵抗を試みるといった意味合いは、「窮鼠猫を噛む」に通じる。だが、潰す側が逆に痛い目に遭うという危険性は、英語の諺から抜け落ちている。アメリカが、経済的にも軍事的にも格段に弱い他国を「悪の枢軸」「ならずもの国家」「テロ支援国家」と呼ばわって、袋小路に追い詰めようとする現在には、必要な戒《いまし》めだ。

“A cornered rat will bite the cat.”が英語圏へ渡って行くよう、これから機会あるごとに使っていこう。

世論操作?

なにかにつけて世論調査の結果が発表される。「支持」か「不支持」か、「賛成」か「反対」か、パーセンテージで世の趨勢《すうせい》が一目瞭然《いちもくりょうぜん》だ。

いや、表面はそう見えるし、主要マスコミも揃《そろ》ってもっともらしく取り上げるので、つい合点《がてん》しそうになるが、世論調査の詳しいカラクリを知ってしまうと、とても頷《うなず》くわけにはいかない。

ぼくの母国アメリカでは、日本以上に世論調査が盛んに行われ、その結果が非常に派手に、重みあるニュースとして報じられる。およそ一千人から回答を得たというものが多いけれど、二億五千万を超える人口を考えると、ちょっと少ない感じがする。ぼくの親類縁者、友人知人を合計すると、かなりの数が米国にいるが、実際に世論調査で意見を求められた人は、知る限りでは皆無《かいむ》だ。クリスマスとか、みなが集まったときに聞いてみると、「あれはいつも同じ千人を調査してるんだからな」とジョークが飛び出す。

そのジョークは、しかしある意味では実態を表している。アメリカで世論調査を実施すると、平均して70％以上の人はガチャンと電話を切るなどして、回答を拒む。従って30％未満の意見だけが探られ、100％と見なされた上で「支持」や「不支持」に分けられる。ところが本当は、答えない大多数と、答える物好きな少数とでは、意見の相違が多々あっても不思議はない。

米国の人口の中で、黒人が占める割合は約12％。ヒスパニック系も同じくらいだ。世論調査では、どちらも白人に比べて「回答拒否率」が断然高い。そのギャップを埋めるべく、世論調査会社は、例えば「黒人の意見」を二倍にして、それからパーセンテージに反映させたりする。けれどそもそも回答しているのは、比較的裕福な層なので、無回答の人々と考えが一致しているかどうか、まったく危うい話だ。

統計のトリック以前に、十中八九は質問自体が客観性を欠いている。「我が国の兵隊たち、いまイラクで頑張っていますが、あなたは彼らを支持しますか?」――ナショナリズムに片寄った報道が渦巻く中で、きっぱり「ノー」と答えるのは、勇気のいる行為だ。ガチャンと切りたくなる気持ちが、よく分かる。

マスコミはあまり公表したくないようだが、世論調査の質問内容や誘導の仕方、そして結果の分析にも、大企業が陰でかかわっていることも少なくないという。つまりスポンサーとしてだ。相場はどうやら十万ドルあたりから。自社の狙《ねら》いどおりの世論を測《はか》ってもらう、というか謀《はか》ってもらうために、札束を積む。場合によっては、中吊《なかづ》りよりも効果的だろう。

それでも、中には有意義な調査を実施しているところもある。ノレッジ・ネットワークス社といくつかの研究機関が協力して、昨今の米国国民の「勘違い度」を調べたものは、そんな一例だ。イラクの大量破壊兵器がこれっぽっちも見つからず、アメリカの攻撃の大義名分はグラグラ揺らいでいるけれど、世論調査によればアメリカ人の22%が、「イラクの大量破壊兵器がすでに発見された」と思っている。また、サダム・フセインとテロ組織アルカイダを結びつける有力な証拠は、実際はなに一つないというのに、アメリカ人の48%も、両者の緊密な関係は立証済みと信じている。「世界各国の人々の圧倒的大多数は、ブッシュ政権のイラク攻撃に賛成しているでしょうか?」という問いに対して、アメリカ人の25%が「イエス」と答えたらしい。

今から百八十年ほど前に、イギリスの作家チャールズ・ケーレブ・コールトンはこう書いた。「傲慢《ごうまん》と無知というのは仲のいい兄妹。近親相姦《きんしんそうかん》でさらなる傲慢と無知をどんどん生み出す」——と。

アメリカの傲慢と無知は、世論調査で測らなくても、一目瞭然だ。

パーマネント・ミステイク

今は亡き祖父に、志賀直哉の小説の中で出会えるとは予期していなかった。

『老人』と題した、ひとりの「勇敢な事業家」が老いていく過程を描いた短篇だ。その主人公と、デトロイトで会社を立ち上げた祖父とでは、負けず嫌いの頑固な性格が相通じて、親しみを覚えながら読み進んだ。すると、「隠居してからの彼は前からも好きだった普請《ふしん》道楽に憂身をやつした」という一行が出て、祖父の顔がぬっとぼくの眼前に現れたのだ。

いわれてみれば、まったくそうだった。経営の第一線を退いてからの祖父は、十回も引っ越しを繰り返した。新しい家を建てては、別によさそうな土地を見つけ、そこにも家を建てようと秘密裡《り》に設計を開始。できたての新居をさっさと売りに出し、買い手が見つかって軍資金が手に入りさえすれば、またもや土地を探し出す。

下手をすると、転居通知を出すころ、祖父は次の次の新築をすでにたくらんでいた。

それなのに、誰も見抜いていなかったようだ。英語には「普請道楽」に相当する言葉がないし、祖父は毎回もっともらしい「新築理由」を用意して盛んに主張。建てた家も、その都度どうにか売り払っていたので、金銭上の損はせず、周りに責められないですんだ。いつも忙しく、仕事に打ち込むように青写真を広げたり、大工や左官に指示したりして、ぼくはそんな祖父を額面どおりに受け取っていた。『老人』を読んで初めて、あれは紛《まぎ》れもなく、病みついた道楽であったことを確信した。

比較すると、志賀直哉の主人公は「二百坪足らずの屋敷に、建ててはくずして売払い、又建ててはくずして売払い」といった具合に、限られた敷地内で道楽に熱中していた。それにひきかえ、祖父は地価の安さをいいことにあちこちで建てて、一軒も崩さなかった。その家はみな広々とした造りではあったが、思えばオリジナリティーに富んでいたわけでもない。一応、常識の範囲内で祖父は道楽に耽り、果たして今、何軒残っているだろう。

二十世紀の建築の巨匠、フランク・ロイド・ライトはこう言い残した。「医者は自分の失敗をすぐ葬り去ることができるが、建築家の場合はそうはいかず、依頼主に蔦《つた》を植えるようアドバイスするしかない」。医療ミスよりも、建築ミスのほうが衆人の目にさらされ、竣工《しゅんこう》したばかりの建物は取り壊せない。

だが、気長に待っていれば、解体工事の時期はいつかやってくる。失敗作のみならず、ライトが命を吹き込んだ帝国ホテルのような傑作も、結局は葬られた。その口惜しい事実を、ぼくはここ数年、逆に一種の慰めとして、新橋界隈《しんばしかいわい》を歩くたびに思い出してきた。駅の東側の「汐留《しおどめ》シオサイト」に林立する超高層ビルがあまりに目障《めざわ》りで、しかも東京湾からの海風を遮り、ヒートアイランド現象に拍車をかけている。すぐには壊せないにしても、その解体の日が少しでも早からんことを祈っていた。

ところが先日、作家の松山巖氏に「超高層を一度つくってしまえば壊せない」と教わり、ショックを受けた。超高層ビルは二百年も持つといわれ、解体するとなると膨大な費用がかかるそうだ。なにしろ今まで取り壊された例がない。汐留の風止めは、時間が解決してくれるものではなく、永久に都民を悩まし続ける問題だ。まさに取り返しのつかない、致命的な建築ミス。

無論、蔦を植えてもごまかせない。

下駄を履くミミコと空を見上げる智恵子と

いつぞや出演したラジオ番組のメッセージテーマが「下駄《げた》」だった。リスナーからの下駄にまつわるエピソードを順次紹介して、ぼくの受け持ちのコーナーでも下駄関係の話題を取り上げることになっていた。

用意しておいたネタの中で、一番の目玉は、詩人・山之口貘《ばく》の逸品。幼い娘と四十路《よそじ》の父親の、玄関でのやりとりを描いた「ミミコの独立」だ。前置きであまり説明すると邪魔かと思い、「一九〇三年沖縄に生まれ、六三年に東京で亡くなった貘さんの、戦後まもないころの作」とだけいって、朗読した。

とうちゃんの下駄なんか
はくんじゃないぞ

ぼくはその場を見て言ったが
とうちゃんのなんか
はかないよ
とうちゃんのかんこをかりてって
ミミコのかんこ
はくんだ　と言うのだ
こんな理窟をこねてみせながら
ミミコは小さなそのあんよで
まな板みたいな下駄をひきずって行った
土間では片隅の
かますの上に
赤い鼻緒の
赤いかんこが
かぼちゃと並んで待っていた
ミミコの痛快な理窟に改めて感じ入り、ぼくは途中から顔をほころばして読んでいた。が、終わってページから視線を上げると、相手のアナウンサーがマイクの向こうできょとんとしている。ガラス越しに見えるミキサールームの面々もみな無表情。ディレクターに至っては眉《まゆ》をひそめている。朗読がまずかったのかと胃が縮み、次の瞬間、「あのぉ……そのカンコって何？」とアナウンサーに聞かれた。

そうか。ぼくも「ミミコの独立」を初めて読んだとき、「かんこ」が分からず、当時の国語辞典で調べて「下駄をいう幼児語」だと知った。もう十年も前のことで、当時のぼくの日本語詩歌鑑賞は、辞書を引っぱり引っぱりというのが普通だった。「かんこ」の意味が頭にいったんインプットされると、それが一篇の中で「下駄」と巧みに使い分けられていることも見えてきて、音の響きもなんだか活発で、いかにもミミコに似合う感じがした。死語だとは、思ってもみなかった。けれど、番組のスタッフで「かんこ」を知っていたという者は、一人もいなかったのだ。

環境、社会、生活様式の変化に連れて言葉は移り変わり、読者にピンときていた表現も次第に届きにくくなり、やがては注釈が必要になる。それが世の常といえるが、中には逆に年代を経てますますピンとくる作品もある。

高村光太郎の「あどけない話」が、その最たる例かもしれない。「智恵子は東京に空が無いといふ、／ほんとの空が見たいといふ。」から始まるこの詩が書かれたのは、一九二〇年代の後半。当時の東京には、広く澄んだ大空があったはずだ。しかし智恵子は鋭敏に、都市の中で失われるものを感知し、「阿多多羅山《あたたらやま》の山の上に/毎日出てゐる青い空が/智恵子のほんとの空」と言い張った。そして、空が高層ビルにズタズタにされた現在では、彼女の主張は誰もが認める自明の理となっている。

わが家は今、十一階建てのマンションの最上階にある。東京の空を遮りつつ、周りのマンションにそれを遮られ、窓外の景色に「あどけない話」はドンピシャリだ。ただし西側にはほかに高い建物がなく、いつまでも西日が容赦なく射す。人間は干上がりそうだが、ベランダのプランターの茄子《なす》たちは調子がいい。鋏《はさみ》を持って庭下駄を履き、夕飯のための一本を収穫するたびに、「あどけない蛇足」を加えたくなる――ほんとの西日なら、東京にある。

戦争とWarの違い

アメリカの農場の古い納屋の前に、楡《にれ》の古木がある。地面には十センチほどの雪が積もっている。ふさふさの冬毛のキツネが、木の側で足を止めて振り返る――。ミシガンの田舎《いなか》に住む伯父と伯母から去年届いたクリスマスカードの表に、そんな景色が載っていた。そして金色のインクで、絵の下に“Peace on Earth”と書いてあった。開くと内側には二人のサイン。

思えば、ぼくは政治について伯父たちと一度も議論をしたことがない。選挙の際、二人がどういう候補者を選んでいるか、あるいは棄権しているのかさえも知らない。でもクリスマスカードを封筒から取り出したら、いきなりその辺のことが気になった。というのは、金色のインクの「地球に平和」が、地球のあちこちで戦争を仕掛けるわれらが米軍への、静かな抗議のように見えたからだ。

最初はそう見えたが、すぐに錯覚だと気づいた。クリスマスカードに掲げられるPeaceの類いはただの挨拶で、“Merry Christmas”とか“Happy New Year”と同じ次元だ。もちろん、アメリカで生まれ育ったぼくはPeaceの使い分けを心得ていた。でも、開封したとき、おそらく頭の歯車が日本語で動いていたから、一瞬、真に受けたのだろう。

日本語の「平和」という言葉も、場合によって「平和な暮らし」みたいに、軽く「穏やか」の同義語として使われる。また、世界の平和を屁《へ》とも思っていない政治家も、折に触れて「世界の平和と安定のため」とおためごかしをいうので、手垢《てあか》だらけだ。しかしそれでも、英語の骨抜き腑《ふぬ》抜け状態のPeaceに比べれば、「平和」はまだしっかりと意味を孕《はら》んで、反対語として「戦争」の向こうを張っている。

そう考えてみれば、英語のWarもまったくきれいに骨が抜いてある。ひょっとしたらPeace以上にも意味が茫漠《ぼうばく》としている。どうしてそうなったか、用例を見ながらWarが引きずられてきた道をさかのぼると、一九四七年にひとつの曲がり角がある。それまでは、アメリカの「陸軍省」は分かりやすくストレートに“Department of War”と呼ばれていた。大きなWarが終わって平和がくると、毎回、当たり前のこととしてそのDepartmentの予算は大幅に減らされた。ところが第二次世界大戦で、軍も軍事産業もあまりにおいしい思いをしたので、なんとかこれからも永続的にガッポガッポの予算を組んでもらえるよう、構造改革を企てた。"Department of War"がより巨大な"Department of Defense"（国防総省）に再編され、ＣＩＡという怪物も誕生した。

建国以来、なにかと戦争の多いアメリカ合衆国ではあったが、軍の名称からWarが消されると、ますます戦争へ突っ走る傾向が強まった。「宣戦布告」は出さないが、一九四七年あたりから米国はほとんど中断なく戦争を繰り広げている。「国防」という名の下で。

「国防」という名のおかげで、といってもいいかもしれない。侵略戦争をDefenseのパッケージに包んで、国民にお守りとして売り込む――そんなプロモーション・ストラテジーがうまくいって、軍産複合体の笑いは半世紀以上、止まったことがない。のみならず、戦争イコールDefenseという欺瞞《ぎまん》が世間で通るようになると、今度はWarのパッケージも、何かを包み隠すために利用しなければもったいない。

といったわけで、製薬会社と保険会社と医療業界を儲《もう》けさせるための一大計画を、ニクソン政権がまとめた。「癌《がん》」を国民の敵に仕立てた"The War on Cancer"と題して、ナイアガラの滝みたいに税金が注ぎ込まれ、癌は増え続ける。次はＣＩＡと

FBIの予算をもっと膨大にして、警察国家の地固めを進め、おまけに中南米への軍事介入もやりやすくしたい——そう目論《もくろ》んだホワイトハウスが打ち出したのは"The War on Drugs"というまやかし麻薬作戦だ。アメリカの敵はドラッグだといっておきながら、実際は貧民の基本的人権を敵視して、作戦の結果、殺し合いと麻薬中毒が増加の一途をたどった。

二十一世紀のペンタゴンは、もはやブラックホールと化し、どんなに税金をむさぼろうと満足しない。年間の予算は四十兆円を優に超え、NASAの軍事関連事業や核兵器の維持費なども計算に入れると、トータルで八十兆円が毎年、軍事費に消え失せる。それでも飽き足りず、世界中で無制限にやりたい放題をやるための仕組みとして、今回の"The War on Terror"が堂々の登場。いうまでもなく、始まってからテロは急激に増えている。

「戦争だ!」と聞くと、国民の大半は条件反射的に賛成して、黙ってついてくる。それは米国に限らず、ナショナリズムが根付いた国ならどこでもそうなりがちだ。英語のWarの定義は、権力者の突っ張った欲の皮に合わせてどこまでも広がっていく。つまり言語的な歯止めが、まるできかない。

その点では、日本語のほうが骨のある言葉だ。"The War on Terror"をそのまま「テロとの戦争」に置き換えたらやはり違和感があって、「テロとの戦い」となる。「戦い」だって、プロパガンダ的な隠れ蓑《みの》としていろいろ使えるが、Warほどは大きく広げられない。これからどういう手口でその歯止めが外されるのか、危険だ。

むかし、日本軍は満州で仕掛けた戦争を「戦争」と呼ばないで、「事変」という語でごまかした。そして小熊秀雄という詩人が、そのごまかしを瞬時に捉《とら》えて、帝国の中心街に鋭く投影した。

丸の内

小熊秀雄

「戦争に非《あら》ず事変と称す」と
ラヂオは放送する
人間に非ず人と称すか

あゝ、丸の内は
建物に非ずして資本と称すか、
こゝに生活するもの
すべて社員なり
上級を除けば
すべて下級社員なり。

Marunouchi, Tokyo, 1931

"It's not a war," the radio
insists, "but an incident."
Might we be, then, not people
but population?
In Marunouchi, alas, we have
not buildings, but rather

fixed assets.
Those who occupy themselves here
are all human resources, and except
for those on top, they're
on the bottom, all of them.

Oguma Hideo

今の政治家のいう「戦闘地域に非ず」の弁に、はぐらかされてはならない。

あとがき

モンゴルの伝説によれば、人間はもともとびっしりと全身が上等な毛に覆《おお》われていたという——昔むかし、神は何か新しい生き物が欲しいと思い、創意工夫をこらして女の人と男の人の試作品をこしらえた。形といい毛皮といい、なかなかの出来栄えだったので、神は命の水を飲ませることに決めた。そのためには、はるばる命の泉まで水を汲《く》みに行かなければならないが、留守にすると、悪魔がやってきてイタズラをするかもしれない。そこで、猫と犬を呼び出して、見張りを頼んだ。

神がいなくなると案の定、悪魔が現れた。犬は吠えて、猫はうなりながら爪を見せたが、相手が「悪さしませんから、ご安心ください」と猫撫《な》で声でいった。そしてミルクと肉を出して、「陣中見舞いをお持ちしたんですよ、どうぞおあがり」。二匹が喜んで飲んだり食べたりしているスキに、悪魔は裏へ回って二体の人間に近寄り、シューッと勢いよく小便をかけた。頭のてっぺんには届かなかったものの、あとはまんべんなく濡《ぬ》らしてしまったのだ。

神が泉から戻ってみると、大事な新作が小便まみれではないか！　腹を立て、でも早くなんとかしなきゃと思い、猫に「頭以外は全部きれいにしてくれ」と掃除を命じた。猫は一生懸命なめて、あまりにぺろぺろやったので、毛まで取れたのだ。ただ、腋《わき》の下とか股《また》のあたりは、舌がうまく届かず、毛が多少残ったとさ——。

現代科学の研究でも、人間はもともと全身にびっしりと毛が生えていたという。一説によると、その毛が取れたのは、蚤《のみ》や虱《しらみ》など寄生虫と関係がある。彼らの棲《す》める面積を減らすために、人間は〝裸〟になったらしい。進化と考えるかイタズラと見るかはともかく、他の生物と仲間であることを、ぼくは忘れずに生きたいと思う。

本の表紙にビル・トレイラーの絵をいただいた。彼が生れたのが一八五四年、あるいは一説によると一八五六年で、没年も一九四七年か、四九年なのか。確実なのは、アラバマ州の農園に奴隷として生まれ、南北戦争後もずっとそこで働き続けた。一九三八年に農園を離れ、絵を描き始めた。長年の観察で見いだした、人と動物の垣根のない愉快さを、一千五百点ほどの作品に吹き込んだ。

表紙の「出世ミミズ」の手書き文字もふくめて、デザインは守先正さんが手がけた。カットは、本文にも登場するディック・クルーガーさんの作品だ。

解説——日本語に誠実で……

立川談四楼

著作に接したのは『日本語ぽこりぽこり』が最初です。書店をブラついている時、タイトルが目に飛び込んできたのです。折しも日本語ブーム（今も続いてますが）、「日本語」の部分に目を奪われたのかというと、そうではありません。「ぽこりぽこり」におやっと思ったのです。

響きがいい。平仮名であるところがいい。「日本語ぽこりぽこり」と口にしてみると更にいい。そして著者の片仮名の名があらためてクローズアップされ、このギャップが気に入り購入したわけですが、縁とはそういうものなのですね。

欲しい本が本屋にあったためしがない。これは本好き共通の意見ですが、そしていきなり書店員に尋ねないのもプライドの高い本好きの常ですが、思わぬ方向からアプローチしてくる本があり、『日本語ぽこりぽこり』はそんな一冊だったのです。

買ってくれ、買うべきだ、だって売れてるんだからさ、と主張する押し出しの強い本があります。一方に、どうせ私なんかとすねる本があり、片隅に蹲《うずくま》ってたりします。堂々とした本は私が買わなくても誰かが買うでしょうし、いじけてる本には少し素直になれとも言いたくなりますが、そんなわけで、好みの本に巡り合うチャンスはごくわずか、その隙《すき》をついて私は『日本語ぽこりぽこり』を手に取ったのです。たとえて言えば「目と目が合った」ということです。

通常、書棚の前で二、三ページめくったり、オビを読んだり、書評のあれこれを思い出したりしますが、こういう縁で巡り合った本にそんなことをする必要はありません。レジへ直行し、一刻も早く書店を出て、近くの喫茶店へ飛び込んで広げるなり、自宅で読むべく電車に乗ればいいのです。

こういう本はアタリです。ハズレがあるはずもなく、案の定、いや想像を超える大当たりでした。私は充分過ぎるほど著者の繰り出す日本語を楽しみ、著者がその辺で能天気に過ごしている日本人以上に日本語に誠実であることを知ったのでした。そしてユーモアのセンスにも並々ならぬものがあることも。

で本書『出世ミミズ』です。驚きました。質量ともにバージョンアップしていたのです。『日本語ぽこりぽこり』から、私は著者に関するかなりの情報を得ていました。アメリカはミシガン州生まれの三十七歳で日本語歴十五年、どうやら池袋界《かい》隈《わい》に住んでいるらしいこと。翻訳を手がけつつ、愛用の自転車であちこち駆け回るが、それがけっこう下らない用件でだったりすること。日本語で詩やエッセイを書き、ラジオのパーソナリティーもつとめていて……。

私は前座時代の五年間を池袋で過ごし、それだけでも著者に親近感を覚えたわけですが、著者が落語に関心を示し、某師に一日入門する件《くだり》を読むに及んで国籍などどうでもよくなり、なるほど、この日本語の使い方はやはりそうかと、大いに得心したのでした。

そんな思いで臨んだ『出世ミミズ』ですが、まずは前半の短い文章に注目しました。読み進むうち、文章にオチがついていることに気がついたのです。そうです、文章のしめくくりのワンフレーズが、まさに落語で言うところのオチの形態になっているのです。短文ですから、〆には気の利いたフレーズが必要なのですが、ことごとくにオチがつけられ、そう、それはまるで読む小咄《こばなし》といった体裁を成しているのです。

意識的か、あるいは日本語が深く心身に入った結果そうなったのか定かではありませんが、とにかく律気《りちぎ》と言えるほどにオチをつけているのは確かで、中には〆の言葉、つまり先にオチありきで、それを言いたいがために前の文章が必要だったと思えるものがあるくらいで、しかしオチをつける作業は、実は大変なのです。

著者は大変でも、読者にとってはその方が嬉しいわけで、さあ次はどんなオチがくるのかと楽しみになります。文章の流れからして、こういう方向に行くだろうと想像したりするのですが、当たった時も嬉しく、はずれてなお楽しいのは不思議なことです。これは落語も同じで、意外性のあるオチほど効果は大きいのです。ウフッと声が出るオチもあれば、なるほどそうきましたかというオチもあります。

たとえば『I　トムのランドセル』の中の「お節拾い」ですが、まずタイトルに?となります。内容に入ってすぐ、お節料理のお節かと理解するわけですが、それを拾うとはどういうこと?　と読者は混乱し、もうその時点で著者の術中にハマっているわけですね。

そうか来日わずか半年で沢山の友人ができたのか、よかった。それで正月に誘われ、そこの家でお節料理を。ふむふむ。ここで話が変わり、来日五年目の高田馬場となります。ほう、お節の食品サンプルを道で拾って、それで「お節拾い」か、納得。で一週間後の銭湯のシーンが挿入され、部屋に戻ってのオチとなるわけです。

注目すべきは、冒頭の新年会に招かれるシーンですね。ここでオチに備えての仕込みがなされています。お節料理の一品一品のその意味を、日本人が丁寧に教えてくれるのです。鯛《たい》は「めでたい」、蓮根《れんこん》イコール「先の見通しが利く」、数の子なら「子孫繁栄」、ゴマメは「五穀豊穣」と。勘のいい読者のあなたも、この辺が怪しいと思われたでしょう。私もここがオチに使われるであろうことを察知しました。

律気にオチをつける人ですから、どこかで仕込んで(推理小説で言う伏線を張るというやつですね)いるはずです。ベタにめでたいを使うか、スマートに蓮根でいくか、寿司屋で数の子の高いことに驚くという方向に持っていくか、ゴマメはまずないだろう。とそう踏んだのですが、銭湯でゴマメが出てきて、ほうと思いました。ここでゴマメがオチに使われるとハッキリしたのですから。

まずい。ゴマメとなると選択肢は少ないぞ、まさかゴマメの歯軋《はぎし》りではあるまいな。私も落語家のはしくれ、そのくらいの想像はつくわけで、果してオチは「ゴマメの歯軋り」でした。ガッカリしたか。否です。大いにここで感心したのです。その上に「元のモクアミ」という言葉が添えてあったからです。これには驚きましたね。ゴマメの歯軋りだけでは、どうしても陳腐になります。元のモクアミはそれをフォローして余りあるフレーズ、合わせ技一本、このワンセットによって一度死にかけた「ゴマメの歯軋り」が見事生き返ったのです。

元のモクアミもゴマメの歯軋りも、今やほとんど死語です。それは、中高年が思い出したように使い、若者はまず使わないという程度の死語ですが、だからこそ上手い使い方をすると効力を発揮するわけで、それが日本語歴十五年のアメリカ人の手によって成されるのですから驚きなのです。

「お節拾い」はほんの一例です。お好きな文章をもう一度読み返してみて下さい。それらがいかに緻密《ちみつ》に作られているかを発見できるはずです。そうです、スルスル読める文章ほど、実は工夫がこらされ、推敲が重ねられているものなのです。

今回、新たな情報をいくつも得ました。著者が落語ファンであることは『日本語ぽこりぽこり』で判明したわけですが、本書にはそのきっかけが記されていたのです。「ラクゴに寄席て」（もうタイトルからしてダジャレです）がそれで、来日早々、著者は日本語の手始めとして書道教室に通います。教室の隣の部屋には、いつも綿入れを着たおじいさん（書道の先生のお父さん）が炬燵《こたつ》に入っていて、傍らには山と積まれた落語のレコードとカセット、著者はそのおじいさんから落語の手ほどきを受けます。

著者は徐々に落語を理解し、寄席に通うようになるわけですが、ともに通うはずだったおじいさんは亡くなります。それが実にさり気なく書かれています。で例によってオチです。何とここは落語のオチが「落ち」として登場する二段構え、しかもレーガンを引っ張り出してくるスケールとなります。

書道が出てきました。別のところでは短歌や俳句をやっていることが判明します。更に著者は、謡《うたい》まで習っているのです。近頃ブームですから、短歌や俳句はわかります。しかし謡をやっている人は日本人でも少ないのではないでしょうか。巧みな日本語使いの秘訣《ひけつ》は、どうもその辺にあるようです。

早くに亡くなった父やアメリカに住む母や妹、そして祖父母や友人の話は著者の定番と言えるものです。故郷ミシガンの話もまた読者にはお馴染《なじみ》で、表題作となった「出世ミミズ」も故郷の釣りに関するもの。ミミズはそのエサですが、著者はここでもきちんとオチをつけています。ラスト一行の妙、それはこの作家の特長と言えるでしょう。

そして本書の終盤、筆はクロアチアやボスニアへと及びます。「折り紙に触れ」「ミルザの話」「奪われた時代」がそれに当たりますが、穏やかで抑えた筆致ながら、著者の主張や基本的な考えがうかがえます。当然、母国アメリカのイラク戦争にも触れるわけで、その文章には静かな怒りが感じられます。

怒りを記して強い表現にならず、面白い話やギャグを記して下品に流れない。これは得難い資質です。面白話などはサービス精神のあまり、ついデフォルメが過ぎて下世話になりがちなのですが、その塩梅《あんばい》が実にいいのです。抑制しつつ言いたいことは言う。文章を書く上で、とても大事なことだと思います。

外国人が書いていることをいつしか忘れ、読みふけっている自分がいます。「ミシガンでは」とか「イタリアに留学した時」といった表現で著者の出自を思い出すわけですが、この達意の文章で小説を読みたいという欲求も湧《わ》きます。短歌や俳句、謡や落語をモチーフにしてというのはどうでしょうか。いや、とりあえずは本書と巡り合ったことで満足しましょう。私は著者ではありませんので、本書を買ってくれたあなたに礼は言いませんが、お祝いは言えます。「アーサー・ビナードの世界を知ってよかったですね」と。

初出一覧

Ⅰ　トムのランドセル

花疲れ
トムのランドセル　＊／富士の顔　＊／鶯の恵み　＊／「いさぎよい」と「匂い」＊／花疲れ　「月刊絵手紙」二〇〇〇年四月号
キュウリ魚
がまの油の味　＊／キュウリ魚の塩揉み？＊／拝み太郎　「週刊文春」二〇〇四年六月三日／蒲焼きの香、ビーバーのアロマ　＊／日米花火雑感　＊
ウサギの足算用
角に思う＊／月の近さ　＊／ウサギの足算用　＊／せっかちと牡蠣　＊／一枚の中也　「毎日新聞」二〇〇四年二月十五日朝刊
コールドの振り分け
ヘルメットを信じますか　「東京新聞」二〇〇一年五月二十四日夕刊／コールドの振り分け　＊／KOTATSUの中　＊／お節拾い　「くろすとーく」二〇〇〇年十月号
凧日和
信ずるものは杉とCEDAR　＊／無用のもの　＊／鶴の泥染め　＊／凧日和　＊／もう起きちゃいかが　＊

節分の内と外

晴れ着の意味　「MAGAZINE ALC」二〇〇五年四月号／右や左のダンナサマ　「MAGAZINE ALC」二〇〇五年七月号／節分の内と外　「MAGAZINE　ALC」二〇〇五年三月号／元帥の勃起　「MAGAZINE ALC」二〇〇五年十二月号

一張羅

不眠の群れ　＊／腹に効く？　「週刊文春」二〇〇四年五月十三日／霜降りそっくり　＊／なやみ　「月刊絵手紙」二〇〇一年二月号／一張羅　＊

II　ビッグな話

〈からゆき〉のおサキさんと〈JAPANゆき〉のぼく　「くろすとーく」一九九六年十一月号

レールを感じさせない、宮柊二の短歌列車（一九九六年）　「くろすとーく」一九九六年年九月号

ラクゴに寄席て　「うえの」一九九五年十一月号

春は竹の釣り竿　「うえの」二〇〇〇年四月号

ビッグな話　「東京人」二〇〇四年十一月号

ぼくのポケモン　「月刊絵手紙」二〇〇〇年三月号

「鼻たれ小僧」をめざして　「カタログハウス」二〇〇二年秋号

ガガンボが化けたわけ　「月刊絵手紙」二〇〇三年九月号

野球語　「Web 日本語」二〇〇二年二月

禁断の果実　「くろすとーく」一九九六年十月号

Ⅲ　ままならぬ芝生

ままならぬ芝生
樹上からの眺め　＊／ままならぬ芝生　＊／夜空の乳色　＊／人の鑑ワシントンと、ぼくの鏡文字　「母の友」一九九九年九月号
ロバの耳に
巣＊／娘の牛乳、祖母のチキン　＊／ロバの耳に　＊
消火栓をめぐって
パッキングも大切＊／一枚透かし、五十二枚拾い　＊／消火栓をめぐって　＊
出世ミミズ
転覆親父　＊／出世ミミズ　＊／助数詞は続くよ　＊／開け落下傘　＊
ミルザの話
折り紙に触れ　「月刊絵手紙」二〇〇一年七月号／ミルザの話　「月刊絵手紙」二〇〇三年七月号／奪われた時代　「月刊絵手紙」二〇〇三年八月号
お化けの道
お化けの道＊／無神論者の墓碑銘　「MAGAZINE ALC」二〇〇五年十月号／忠犬のドアマット　「月刊絵手紙」二〇〇三年十月号／乳牛狩り　「どうぶつと動物園」二〇〇五年夏号
ノクターン
リンカーン大統領とクルーガー船長　「月刊絵手紙」二〇〇〇年七月号／ファンタジーの錨　「月刊絵手紙」二〇〇一年九月号／ノクターン　「くろすとーく」一九九九年四月号

Ⅳ　ネズミ巡り

マエストロとイルカ　「嗜好」二〇〇三年八月
エリオットと萱原とビュビュ・ド・モンパルナス　『萱原克己全集』栞　二〇〇三年三月
どうぞご自由に　「Web 日本語」二〇〇三年三月
カタカナパンチ　「Newsweek Japan」二〇〇五年三月三十日
消えたタカ　「yakushin 躍進」二〇〇三年十一月号
ネズミ巡り　「Newsweek Japan」二〇〇五年六月八日
世論操作?　「月刊絵手紙」二〇〇三年十二月号
パーマネント・ミステイク　「Newsweek Japan」二〇〇五年七月二十日
下駄を履くミミコと空を見上げる智恵子と　「Newsweek Japan」二〇〇五年九月二十一日
戦争とＷａｒの違い　「熱風」二〇〇五年二月

＊印は株式会社ジェーシービー発行の会員誌「THE GOLD」に、二〇〇二年四月から二〇〇五年三月まで連載された「アーサー・ビナードのニッポン面白草子」を再構成したものです。

集英社文庫

出世《しゅっせ》ミミズ

2006年2月25日　第1刷

定価はカバーに表示してあります。

著　者　アーサー・ビナード

発行者　加藤　潤

発行所　株式会社　集英社
東京都千代田区一ツ橋2—5—10
〒101-8050
(3230) 6095（編　集）
電話　03 (3230) 6393（販　売）
(3230) 6080（読者係）

印　刷　中央精版印刷株式会社　株式会社美松堂

製　本　中央精版印刷株式会社

Printed in Japan

ISBN4-08-746018-5 C0195